KB152037

누군가 부르지 않아도

누군가
부르지
않아도

주름진 사색 펼치면 하늘빛 시가 된다

시인의 말

오늘은
이런 문장이 떠오른다.

내 안엔
넌지시 나래짓하는
오리 한 마리 산다

뒤뚱거리며 등피 콕콕 쪼아대는 몸부림
애써 외면해 보지만
그치지 않는 몸부림에서
좀처럼 헤어날 수 없다

참다못해 잠겨진 단추 모두 풀고
누비진 천 앞뒤로 뒤집어 찾아보지만
어느 곳으로 훅 날아갔는지
흔적조차 찾을 길 없다.

지난해 말(2022년) 첫 시집(디카시) '갯마을 오후'를 출간했다.
좀 더 고뇌의 시간이 지난 후 제 2시집을 출간할 생각이었다.
하지만 어둠 속에서 햇살을 부르는 외침을 더 이상 모른 척할 수
없었다.

2023. 어느 여름에
김봉숙

차례

1장 ··· 황룡강 │ 목마름 접어 초록 얹는다

2장 ··· 괜찮아요 | 지평선 가득 연분홍 파동친다

3장 ··· 길손 | 가녀린 물그림자 쉬어가는 언덕이다

4장 ··· 산다는 건 │ 겉치장 벗고 푸석거려도 묵묵히 뻗어가는 것이다

1장 · · · 황룡강

목마름 접어 초록 얻는다

분꽃

산마을에 자라나
도시로
이사했지

어느 봄날
온종일 진동 울리는 길가
낯선 대지에 서서히 뿌리 내렸지

자박거리는 발걸음에도
소소한 팔랑거림에도
꽃잎 갈래갈래
수줍은 미소 움켜쥐었지

밤에는
캄캄한 어둠 끌어당겨
작은 나팔 한없이 불어댔고

한낮에는
간절한 목마름 접어
초록을 손등에 얹어 두었지

온몸 시려오는 날
까만 시간 곱게 갈아
그을린 얼굴
하얗게 분칠했지.

돌이켜 보기

여태껏
점수를 따기 위해 살았다

학교 성적 통지표에도
빈칸에 모자란 점수 채우는 굴레에서도
사회의 첫발 내디딜 때에도
겨우 직장에 들어가서도
꽃피던 청춘의 한고비 지나서도
남보다 높은 점수 받으려 했다
이러한 짓누름에서 해방되려고 했는데
내 스스로 파놓은 늪에서
허우적거리며 좀처럼 뭍으로 나오지 못했다

이제는
번쩍이는 전광판에 걸려있는 점수에서
완전히 눈을 떼고
강으로 산으로
자유로이 떠다니고 싶다.

길

가야 할 길을
깨달을 수 있다는 건
얼마나 기쁜 일이냐

나도
너에게
길을 묻고 싶다

나도
너에게
길을 열어 주고 싶다

어디에 있을지라도
너의 길이
되고 싶다

이 지상의
아름다운 새벽
끝나는 그날까지.

갈매기

생이여,
너는 내 안에 있다

바다에 숨을지라도
파닥이는 날개와
날카로운 부리가 있고,

귀는 숨소리까지
탐지 할 수 있고,
눈은 마음까지
들여다볼 수 있다

잠시 날개의 힘이
빠져 있다고 안심하지 마라
하늘 한 바퀴 돌며
뭉쳤던 근육 풀고
정조준 할 것이다

파도 안으며
낚아챌 것이다
수평선을 차고
오를 것이다
싱싱한 아침처럼.

내비게이션

가고 싶은 곳
언제 어디서든
내게 물어봐도 괜찮아요

걸어서 골목길 천천히 누빌 건지
높새바람 일으키며 큰길 휘휘 달릴 건지

행선지가
얼마만큼의 거리인지
다다른 시간은 언제인지

비 오는 날 출렁이는 바다로 가든
무더운 여름날 높은 산모롱이길 오르든

샘물의 쉼터는 어디쯤 있는지
앞길 가로막는 방해물 어느 곳에 있는지

길 위에 서면
이방인처럼 헤매는 그대 목소리
쫑긋이 귀기울여
곧바로 고개 끄덕여 줄 테니까.

섬진강

낮선 땅 마주치면
가는 길 묻고 그 길 따라
나란히 먼 곳 향해 가는
그대는 나의 길동무

강가에서 자전거 페달 돌릴 때
산골 마을 층층 계단 홍매화 향기
산들바람 실어 안겨 주는
그대는 나의 길동무

가파른 언덕 오르다 숨이 차 오면
앞서는 걸음 스르륵 멈추고
녹슨 철교 아래 앉아 해맑은 눈빛
말 걸며 다정히 쉬어 가는
그대는 나의 길동무

끝없이 흘러온 강물
천년 소나무 허공 감고 자라는 바위섬
남해 바다와 하나되듯이
오로지 한길만 바라보는
그대는 나의 길동무

돌아가면 돌아가는 대로
여울지면 여울지는 대로
미지의 여행 함께 떠나고픈
그대는 나의 길동무.

어쩌면

산다는 건
손길 오면 오는 대로
손길 가면 가는 대로
시계의 분침 돌리는 것

숨죽여 있다가도
반짝이는 빛 발산하고
체온 감지하면
검지 손가락 끝으로 지그시 눌러
내면 깊숙이 들여다보는 것

서로 멀리 떨어져 있어도
단 하나의 울림도 놓치지 않으려고
오감을 불러일으켜 세우는 것

월요일 출근길에
파란 불 들어오는 디지털
팔목에 감고서
일곱 계단에 장단 맞추는 것

금요일 퇴근길에
아날로그 쓱쓱 흔들며
책상 속 여행 목록표 꺼내어
가고 싶고 머물고 싶은 곳
찾아 나서
팽팽한 끈 느슨히 풀어 주는 것

산다는 건
어제는
미세한 시곗바늘의 척척거림
오늘은
한적한 골목의 껌벅거림.

산이 마을

살다가 가슴 꽉 막혀 오거든
대지가 푸른 숨 쉬는
산이면에 홀로 가 보라

술줄이 뻗어 가는 밭고랑에
유년의 공책에 줄 긋듯
빗금 쓰윽 쳐 보라

오직 민둥만 두 개 있고
황토 끝없이 펼쳐진 곳
두 팔 크게 벌려
초원의 숨결 마음껏 안아 보라

토담이 무너져 내리는
사랑채 앞
행선지 없는 버스 되어

일평생 밭 일구어도
토방에 있는 냉장고가
안방의 문짝보다도 더 큰 집

거기
골목길 할아버지의 생생한 목소리
들어 보라

네 생의 지평선에
일곱 빛깔 무지개 뜨고
속도 잊어 버린 날
가슴에 안겨 올지 모르니까.

회귀

시중에 파는 식품만
유효기간이 있는 건 아니다

밤새워 시간 울리며
사정하지 마라

노오란 날개 펴고 있는 꽃도
달이 지면 몸이 접어드나니

풀잎에 아롱아롱 이슬도
해가 뜨면 흔적없이 사라지나니

등에 기대어 흔들거리는 의자도
마음 다하면 멈추나니

아름다운 말소리도
추억 오고가지 않으면 끊기나니

보랏빛 도라지꽃이
도란도란 피고 지듯

우리도 하늘과 땅이
생겨난 곳으로 돌아가게 되나니.

황룡강

풀잎이
바람 실어 오면

걸음 걸음
달맞이꽃 피어나

풀벌레 사운대는
하얀 웃음 붙든다

심장의 두근거림에
강물은 머무르고

숨어 있는 그물 짜
가는 길 막아도

그리움은
별빛 타고 내려온다.

홀사랑

비가 오면
숲길에서
생글생글 젖어들고 싶은
그 마음 모르는 거 아니에요

들꽃 피면
언덕에서
흐르는 강물
한없이 바라보고 싶은
그 마음 모르는 거 아니에요

노을 지면
바다에서
뱃고동 소리 듣고 싶은
그 마음 모르는 거 아니에요

별빛이 산마을 내려오면
고요히 뚝방길 거닐고 싶은
그 마음 모르는 거 아니에요

새벽이 오면
연분홍 편지만
읽고 또 읽는
그 마음 모르는 거 아니에요.

숙명

너는 육지 가까운 섬
나는 머언 바깥 섬
만나러 가는 길
언제나 서로 빗겨 나갔다

바다로 향하는 뱃머리 돌려
홀로 외딴 섬길
몇 바퀴 돌아가도
언제나 너는 저만치 서 있다

서늘한 가을비 오는 날에도
갈매기 울음소리 허공 휘젓는
하얀 등대 아래 걸터앉아
수평선 바라보며
무작정 너를 기다렸건만

가깝고도 먼 곳에 살았어도
푸른 파도 타고 다니는 낮과 밤
끄집어 내어 한 통의 편지조차
써서 붙이지 못했다

수없이 밀물이 오고
수없이 썰물이 가도
너를 만나러 가는 길
언제나 서로 빗겨 나가기만 했다.

향수

고향집 앞마당에
봄으로 온다

장독대 항아리
번지르르 분지르는
햇살로 온다

바람에 흔들릴 때마다
살구꽃 내음 흩뿌리며
파란 대문 삐긋이 열고 온다

황토 기왓장 둥지 아래로
추억 물어 나르는
새의 입술로 온다

안방에서 울리는
아버지의 기침소리
사그라지는 날

세월의 머리카락
산뜻 산뜻
나들이 발걸음으로 온다

가시 박힌 어깨 위에
생의 꽃
오롯이 피우며 온다.

휴지통의 말

어디에 두어도 괜찮아요
햇살 희미한 책상 아래
온종일 두어도 괜찮아요

몇 날 며칠 지독한 냉기 품어
속 시원히 풀어 준 조각
한없이 던져도 괜찮아요
당신이 편히 숨 쉴 수만 있다면

도무지 쓸모없는 걸로
다 채워도 괜찮아요
따스한 손끝이 와닿을 때
닫혀진 마음 스르르 열리니까요

당신 목소리 들리는 곳에 있는 것만이
내가 존재하는
단 하나의 까닭이니까요.

하늘매발톱꽃

죽마고우가
따스한 햇살을
우리집 대문 안으로
몰고 들어오던 날

자줏빛 복주머니
벙그르르 터뜨리며
마당 한 귀퉁이 돌 틈에서
다소곳이 고개 내민 너

그 파릇파릇한 내음
밥상 위에 올려 놓겠다며
두 손 가득 뜯는다

바람이
몸속 깊이 파고 드는 것
막아 주는 나물이라며

이파리 줄기
한 움큼 뜯고 보니
나물 아닌 꽃이었다

울 어머니가
지난해 심어 놓은
꽃

비바람 눈보라에도
새끼들 지켜 주는
꽃

열 손가락에
움켜진 봄
흩뿌리니

녹색 실비단 위에
자줏빛 수놓는
고향집 꽃.

하나되고 싶거든

하나되고 싶거든
연화도에 가 보라

비 그친 여름날
삼덕항에서
통통배 타고 가 보라

말소리 파도 소리
하늘빛 바닷빛처럼
하나되고 싶거든

무거운 마음 육지에 두고
불이문으로 들어가
천상의 계단 위로 올라가 보라

대웅전 보이는 등나무 아래서
좋은 사람과
맑은 샘물
펑펑 퍼올려 보라

보랏빛 흰 빛깔
한 꽃봉오리로 피어나듯
하나되고 싶거든.

폭탄주

어선들이 노을 안고
항구로 돌아오고 있다

흐르는 시간에
휘어 버린
하늘을 뚫는다

빈 가슴에
객지의 서러움과
바다의 낯설음 채운다

돛으로 나란히 서 있는
삶의 밑바닥을 푹 찍는다

부딪히는 얼굴에
어둠이 빛난다

소리 없이 끓어 오르는
너와 나 마신다

모두 다
침몰 할 때까지.

카톡방

톡 주세요
눈치보지 말고
목소리가 크거나 작아도
괜찮아요

마음 졸이지 말고
표현해 주세요

이곳은 우리들만의
공간입니다

문장이 짧거나
길어도
탓하지 않아요

꿈꾸는
이야기도 좋고
당신의 속엣말
쏟아부어도 좋아요

제발
눈팅만 하지 말고
우리들의 심장 톡톡
울려 주세요.

첫눈

한걸음 한걸음
다가선다

소리 없이 새벽 깨우며
너에게로 다가간다

멈추어 있는 순간에도
숨어 있는 시어 찾아

청명한 노래 부르며
파아란 신호등 되어
간다

펼쳐질 때마다
솟아오르는 수줍음
둥그런 미소로 접으며

마음속
하얀 나비 한 마리
살며시 내려 앉는다.

줄

우리는
늘
줄과 함께 산다

태어날 때는
탯줄 타고
대지 위에 내린다

이름 박음질한 손수건
가슴에 걸고
처음으로
학교 운동장에 줄 선다

얼룩 무늬 군복 입고
노래 부르며
전우의 줄 따라 뛴다

밥벌이 시작하자
팽팽히 끌어 당기는
나그네의 길 위에서

끊어질 듯 하면서도
소리없이 이어지는
줄타기하고

살다가 너무
당겼다 싶어지면
줄줄이 엮인 기차 타고
흔들거리는 파도 만나기도 한다

낯선 전봇대 사이
줄의 거리가
집으로 돌아오는 빛이 되듯

오늘은
손끝 잡아 줄 끈 하나 없이
걸어온 울 아버지의
뼈와 살이 붙어 버린 몸에 매달여
숨가쁜 맥박을 짚는다

태양이 서산 감싸안고 내려앉자
풀어헤쳐 놓은 투명한 줄
하염없이 바라본다

영산강변 간척지에
반듯반듯 줄 맞추어
모를 심는 그날처럼.

전라도 가시내야

해 뜨면
꽃이 피고
달 지면
꽃이 진다

바람 흔들면
바다 출렁이고
바다 출렁이면
파도 웃는다

봄이 좋아
섬에 간다
섬 좋아
봄 찾으러 간다

갈매기 날갯짓 사이
새벽이 온다
새벽이 오니
갈매기 날갯짓한다

파도 휩쓸어도
섬마을엔
봄꽃 피어난다.

완사천

목마른 나그네
발걸음 멈춘다

대숲 아래
돌계단 천천히 내려가
대추빛 얼굴
푸른 거울에 비추더니

가을 머금은 조롱박에
버드나무 이파리 하나
살포시 띄운다

깊숙이 스며든
발자국 소리에
체온 가득히 담으며

천 년의 세월 내내
울려 퍼지던
저 동그라미

바람 휘몰아치는 먼 길
달려온 님에게
고운 정으로 떠서 고이 바친다.

유산

바다로 떨어지는
태양의 발자취
소슬히 따라나서는 날

빛바랜 적금 통장 표지 위에
흰 종이로 오려붙인
또록또록 비밀번호

목도장에
굵게 새겨진 이름 내밀고
만기일이 채 돌아오지 않는
아버지의 피와 땀

새벽이슬 머금은 들판
휑한 바퀴 돌고 와
마당 척척 쓸어내리는
손놀림에 장단 맞춘다

밑바닥 들어낸 저수지 흙
삽으로 퍽퍽 퍼올린 산밭에
초여름이 쭈욱 쭈욱 자란다

지신 밟으며 고개 끄덕이는
상쇠의 끼 다섯 손가락에 걸어쥐고
덩덩 두드리니

눈시울 훔친 접시꽃
오래도록 머물고 간 일기장
한 장 한 장 넘긴다.

우리집 장 담그는 날

희뿌연 먼지 날아가자
따사로운 햇살이
고향집 처마 밑
감싸 안고 들어온다

대롱대롱 매달린
편종의 귀 풀어
생의 껍데기
한 겹 두 겹 벗겨 낸다

갈라진 몸뚱이
닦아 내리며
계절의 흙내음
흘려 보낸다

사통팔달 바구니에 담긴
동산의 푸른 바람
대문 활짝 열고 들어와
뒤뜰 대숲으로 향할 때쯤

짙은 소금기로 굳어 버린 밑바닥
쓰윽쓰윽 긁어내고
한 방울의 물기마저 뒤엎는다

산뻐꾹새 울음 타고 내려온
어머니의 손맛 같은 목소리
귓가에 들려오면

까뭇까뭇 검댕이
붉은 가을빛으로
볏짚 새끼 꼬아
옹달샘 허리 휘감는다.

어선

단단히 품에 안아 온 닻
항구에
천천히 내려놓는다

드넓은 바다에서 불 밝히며
오징어잡이 하는
그 풍요로움도 잠시 잊는다

땡볕의 힘줄 엮어
촘촘히 끌어 올리던 그 기쁨도
저 멀리 떠나보낸 채

이제는
텅 빈 갑판 위에
밧줄 없는 도르래만
홀로 남아 있다.

시(詩) · 1

언어의 꽃이
되고 싶어요

눈 내리면 눈송이로
바람 불면 바람 가르는
노래이고 싶어요

밀물과 썰물 되어
선율을 빚고

나무와 새 되어
음표 만들고

그대 만나고 또 만나
감성의 싹 틔우고 싶어요

그대 가슴에
시집을 짓고 싶어요.

시(詩) · 2

도대체 누굴까
언제부터인지
욕심껏 사랑하고 있다

낭랑히 낭송할 때도
홀로 있을 때도
생각의 방으로 이끈다

아침 이슬 같은 눈빛
언제쯤
쏘옥 들어올까
어서 내 품으로 오렴

냇가 징검다리 건너고
산길
산들산들 지나서

오늘도
기약 없는 상념의 끝으로
만나러 간다.

시(詩) · 3

쓸쓸한 저녁
주변을 몇 바퀴 거닐며
풀벌레
가을바람 소리 귀기울여도
너는 오지 않는다

뒤뜰 언덕 소나무 가지에 걸린 보름달
고개들어 한참 응시하여도
너는 보이지 않는다

집으로 들어와 거실에서 쪽잠 자다가
꿈속에서 나타난 행간의 말
의미 다발로 묶어 보지만
이내 슬며시 고리 풀어져
사방에 흩어져 버린다

서재에서
천장에 매달린 잡념 아주 끄고
방바닥에 배 쭈욱 깔고 엎드려
하얀 종이 한 장 펼쳐놓고
생각을 이리저리 궁굴려도
시상은 떠오르지 않는다

막막한 지금의 현상들
이끌어 주는 감성
낮은 소리로 조금씩 말 걸어 온다.

시(詩) · 4

오늘도
그대에게로 간다

청보리 스륵스륵 쓰다듬는
그 손길로 간다

윤슬의 강변에서
천천히
자전거 페달 돌리며 간다

골목길 슬며시
내리는 달빛 되어
그대의 미소
쓰윽쓰윽 그리며 간다

어찌하면
그 마음
둥둥 울릴 수 있나

어찌하면
그대에게
온전히 다가갈 수 있나

어찌하면
그대 오는 산모롱이에
민들레꽃으로 피어날 수 있나.

위안

서늘서늘 떠나 간다고
울지 마라
그대여

찾아오는 발자국 소리 끊기면
꽃잎에 고운 빛깔 사라지듯
바람 따라 흩어지느니

가을비 내리면
그 아픔 온몸으로 받아
흐르게 되느니

뚫린 가슴
가만히 닦으면
여울여울 채워지느니

꺼져 가는 숨결 아래로
물오리 떼 날갯짓하고
인연의 뿌리 세상 속으로
쑤욱쑤욱 뻗어 가느니.

어머니

갈 테야
아침 햇살 오르는
동산길 따라 갈 테야

구겨진 금빛
열두 폭 비단치마
토실토실 앞마당에 두고
갈 테야

단풍나무 숲길
솔향기 안고서
사뿐사뿐 갈 테야

무화과밭
옥수수밭 지나
훨훨 갈 테야

등에는 병풍처럼 산 두르고
눈앞에 매화 피고
덩이덩이 감 열리는
산밭으로 갈 테야

섬섬옥수
막내아들 꽃편지
꼬옥 안고 살아갈 테야

멀리 푸른 바다 보이고
새들이 아침 깨우는 곳에서
발걸음 도란도란 들으며
들꽃으로 피어날 테야.

설렘

주름진 사색이
그대에게 편지를 쓰면
다림질한 셔츠가 된다

그 목소리 듣고 있으면
그리움이 파도처럼 밀려오고,

그 미소 떠올리면
윤슬의 바닷가 거니는
연인이 된다

함께한 시간
가슴에 펼치면
한 편의 시가 되고,

이 편지 가만히
우체통에 넣으면
파란 하늘빛 된다.

새야

노을빛 파도가 흔들어도
가냘픔 디디고 서서
하염없이 바라보는 새야

긴 부리로 생을 찾듯
갸웃갸웃 외줄 타는 새야

밤 홀로 찾아와도
서러움도 찢기움도
잘 견디어 온 새야

사랑하는 이
어디에 두고
여기까지 날아왔느냐

이제 낯선 세상 놔두고
가고 싶은 곳으로
어서 가거라 새야.

2장 ··· 괜찮아요

지평선 가득 연분홍 파동친다

사랑초

기력 다한 듯 하여
뿌리 위에
붉은 솔잎 부엽토 한 줌
올려 놓는다

굳어 버린 대지
밀어 올리는
콧노래 한 소절

허공 향하는 줄기
이파리 끝에는
분홍빛이 좌르르 흐른다

막걸리 한 잔에도
고개 숙이는
우리 사랑

밝은 미소 피어나면
보랏빛 나비 되어
꽃잎에 살포시 내려앉으려나

문득
깊은 산사의 종소리가
울려온다.

비 오는 날 · 1

참
기분이 좋다

메마른 수레바퀴
젖은 대지에 멈추고

작은 우산깃 펼치면
톡톡톡
분홍빛 선율이 다가온다

개나리소반 앞에
홀로 앉아 있으면
가 버린 추억 떠오르고

외딴섬 관사
유리창 너머
시심
서편마을* 탱자꽃처럼
하얗게 피어난다.

---

* 전남 영암군에 있는 작가의 고향마을

비 오는 날 · 2

오늘은
흙빛

천둥 치고
장대비 퍼붓는 소리
길 위에 가득

떨어져 나온 것
수없이 밀려왔다
밀려가고

낮은 곳으로
흘려 보내는
흙빛뿐

낚아채 보려고 해도
뚝방 위로 사라져 버리는
너.

봉급 명세서

빛바램이
손끝에 매달려 있다

땀방울이 낱알 되어
켜켜이 쌓여 있다

또록또록 찍힌 기억
눈앞에 선명하다

흐르는 시간 찍어
아내에게 보낸다

"눈물나게 왜 그래요."
아내는 말을 잇지 못한다

이사하는 날
다 버려도

단칸방 얼룩진 얼굴
차마 잊을 수 없다.

언제나 내 곁에 있다

아무리 이리저리 벗어 던져도
한밤중 목말라 눈뜰 때에도
이른 새벽 깨어나 더듬거리며 찾을 때에도
언제나 내 곁에 있다

어느 날은 한 발치 떨어진 곳에 내동댕이치고
몸무게에 깔리어 부러지는 순간에도
처음 놓은 그 자리에 서서

가끔은 책장 틈바구니에 갇히고
공중을 향하여
오랫동안 두 팔 올리며 꼬꾸라지는 순간에도

오로지 콧등 언저리에서
가까이 때로는 멀리
가는 길 미리 알아채어
언제나 내 곁에 있다.

우슬 저수지

바람의 끝자락
소삭 소삭

언덕에 올라서니
일렁이는 동그라미들

빛이 가 버린 저물녘
소울음에 귀기울이고

천년의 버드나무 뿌리에
물 실어나르는 당신

생명의 어머니
당신은 그곳에 있다

앞산에 들꽃 피면
들꽃처럼 웃고

산물이 내려오면
물처럼 흐르며

하늘도 산도
채색된 그대로 담아내며

우슬 마을 언저리
당신은 늘 그곳에 있다.

물안개

가파른 언덕
솔숲 아래
그대 처음 만난 곳

우리 만나면
칡꽃 널리널리 피는
둑방의 아름다운 말소리
들려온다

우리 만나면
생글생글
웃는 산마을

우리 만나면
산모롱이 훤히 돌아가는
길동무

금빛 햇살
호수에 일렁여도
부디 떠나지 마오.

목련꽃

한 남자가
둥그런 모자 눌러 쓰고
꽃을 딴다
하늘 하늘

붉은 종이 가방에
활짝 핀 미소 담는다

어디에 쓰려는지
꽃 도둑 하고 있다
꽃 훔치는 사람은
얼마나 될까

이 꽃으로
누구의 절망
누구의 아픔
치료해 주려는 것일까

나도 꽃을 우려 주고 싶다
누구에게 웃음 주고 싶다.

명함

내게는 버릴 수 없는
추억 하나 있다

객지로 발령 나던 날
그녀에게 받은 푸른빛 사각형

휴대전화기 만질 때마다
빠져나오는 그 이름

길 가다 잃어버리면
짓밟힐 것 같고

세단기 칼날에 갈리면
아플 것 같고

쓰레기통에 넣으면
오염 될 것 같다

떠나가려는 그리움 한 장
가슴 속에
오롯이 밀어넣는다.

둘이서 가는 길

홀로
동그라미 그리지 못하는
시계 하나 있다

에메랄드빛 바다
황금 분칠한 윤슬이
휘르르 손목을 감는다

곁에서 멀어지면
끝없이 침묵 흐르고
잠든 시간 녹아내린다

며칠의 찌뿟함
체온 위 걸터앉아
느스함 문 밖으로 보낸다

밀려오는 고요가
새벽을 천천히 들여다본다

하늘 위에 떠오르는 높이로
오늘을 맞추고
날짜 손잡이
빙빙 감아돌린다

휘휘 휘파람
다시 먼 길 나선다.

뜸

아침이 익어 가는 동안
하얀 셔츠를 다림질한다

휘휘 허공 휘젓는 추가
서서히 힘 잃어 가면
목마름도 끝이 난다

껍질 척척 갈라지며
속살 훤히 드러내는 시간

들끓어 오르며 숨 쉬고
달그닥거림
묵묵히 견디어 온 열꽃
한 알 한 알 집어 올린다

이따금 벽시계의 초침 바라보다
솥뚜껑 황급히 열어젖혀
질편한 갯벌을 맞이한다

설익은 낱알이
꿈틀 꿈틀
물 위를 걷는다

꽃 피우기 위해
물관 속에
햇볕 들어오는
여백 주어야 하듯

식탁 위에 오르려면
물의 흐름이
온전히 지나야 한다.

등나무

허리 휘감으며
팔 길게 내미는 당신

가까이 있으면서도
참으로 모르고
살았습니다

두 눈 크게 뜨고도
당신의 빛깔과 향기 잊고
살았습니다

이슬비 내리는 아침
연보랏빛 꽃잎 몸속 깊이 숨기고
우듬지 끝에서 뿌리 아래로
조용히 덮어 오는 당신

온몸으로 줄기 매듭 지어
지팡이 되어 지친 발걸음
위로해 주는 당신

때로는 자갈 언덕 기어오르며
허물어져 가는 나를 붙들어 주고
덩굴손 허공에 걸어
움 틔우는 당신

가까이 있으면서도
참으로 모르고
살았습니다.

대나무 필통

마디마디 다듬어
둥근 몸통
되었어요

푸른 피부에
그대 이름 연지로
톡톡 찍었어요

가슴에
연필과 파란 펜
꽂아 두었어요

그대가
시 쓰고 싶을 때
연필 뽑아 드릴게요

심장의 두근거림
쓰윽쓰윽 써 내려 가도록
도와 드릴게요

먹빛으로 물들어도
그대만 고즈넉이
담고 있을게요.

달팽이

더듬이 내밀어
길을 간다

가녀린 몸뚱이
빙빙 꼬인 짐 등에 지고

땅바닥 끌어 당기며
하늘을 호흡하며 간다

개미들이 들끓고
자갈이 부서져 있는 길
온몸으로 쓸어 안으며 간다

촉촉한 살갗 위로
까끌까끌한 모래알이
척척 달라붙어도

숲 가까이에 이르러서는
등짐이 흔들거려도

몸통 비틀어 꼬아
다시 무게중심
바로잡으며 간다.

단 한 사람

병풍산이 먹구름 되어도
그대는
변함없이 함께하는
나의 단 한 사람

두근거림이 멈춰 버린 지금
그대는
심장 뛰게 하는
나의 단 한 사람

달이 진 후에도
그대는
길가에서 그리움 쑤욱 내미는
나의 단 한 사람

하얗게 마르는 여름 휘몰아쳐도
그대는
곁을 지켜주는
나의 단 한 사람.

새벽

매끄런 눈썹 하나
남쪽 끝 지평선에
걸터앉아 있다

짐승 울음소리
들리는 산골 마을
찾아오는 소녀마저
사리꽃 향기 따라 떠나버리고
가까운 이웃도
먼 길 나선다.

산책길

저 멀리
외딴집 누렁이 소리
침묵의 허공 가른다

길섶에 앉아
숲속 나무 이파리
흔연히 귀기울이고 있을 뿐인데

질척거리는 길
봄 햇살에 잘 말라
찾아온 것 뿐인데

대나무 잎 끝에
대롱거리는 이슬방울
만나러 온 것 뿐인데

들꽃 어루만지며
가만히 나를
들여다보고 있을 뿐인데.

귤

바닷바람으로 온몸에
작은 설렘 박힌 너

구멍 난 돌담 옆에서
얼룩진 삶
황금빛으로 바르고

황토 같은 살결 되어
다가온다

벽시계 소리
홀로 가는 밤
남녘의 기운 덧칠한다

땀방울이
탱글탱글 알갱이로 맺어
목마름 적신다

벗겨진 껍데기일지라도
은은한 향기 뿌리며
마지막 남은
마음까지 내어준다.

괜찮아요

이름 없어도 괜찮아요
그대 보낸 편지 위에
소곤소곤 보이니까요

홀로 어둠 속 걸어도 괜찮아요
그대 고운 얼굴 송긋송긋
비추고 있으니까요

책갈피 없어도 괜찮아요
그대 생각하면
생글생글 찾을 수
있으니까요

빈 방에 있어도 괜찮아요
고요한 시간 몰고 와
반짝반짝 영감 주는 그대
있으니까요

허공 헤매도 괜찮아요
하늘에 떠 있는 마음
나긋나긋 붙잡아 주는
그대 있으니까요.

갈등

어찌하면
나의 길 갈 수 있나요

들길로 가면
꽃이 피어 있고

산길로 가면
벼랑 끝이 나오고

그냥 이대로 있으면
잔잔한 호수가 되겠죠

아름드리
살 수 있는 길

어찌하면
그 길 갈 수 있나요.

싶어요

칙칙한 장마 몰아내고
푸른 하늘 부르는
태양빛이고 싶어요

손 시린 새벽
별 위에 뜨는
눈썹달이고 싶어요

마음이
탁탁할 때
산소가 되고 싶어요

바위 틈 지나
뿌리 휘감아 도는
강물이고 싶어요

마냥 울고 싶을 때
잔잔히 위로해 주는
노을이고 싶어요.

가족 · 1

싸늘한 바람이
불어오는
새벽 호수

안개꽃으로 뒤덮인 물살
천천히 가르며 나들이 나온
오리 네 마리

제일 키 작은
오리 한 마리가
꽁지 들고 물속 깊이 들어가자

다들
가는 길 멈추고 서서
한참을 기다린다

막내 오리가
물 위로 햇귀 받으며
슬며시 올라오자

그때서야 다 함께
매화 피는 마을로
퍼득퍼득 나래치며 간다.

가족 · 2

밤의 절반 머리에 대고
대화 접은 후에
아침을 차린다

아내가 손수 끓여준
옹달샘 같은
유리병 속 정겨움

땅심 깊은 서호 들판에서
자라난
따스함 한 그릇

어머니가
고향집에 알뜰히 남겨 둔
고소함도 사뿐 열려 놓는다

청년시절부터
떠돌이로 살아가지만
지금껏 팔다리 성성하고
눈동자 초롱해지는 건

보이지 않는 곳에서도
언제나 박수 치는
저 응원의 소리 덕분

경쾌한 음표 쓰윽쓰윽 그리며
집으로 가는 금요일의 태양이
오늘도 나의 창문 비추기 때문.

아버지 · 1

안방 침상에
진종일 등 기대는
노년의 시간
조심조심 껴안아 일으킨다

쓰디쓴 입맛이
고개 돌리면
소년가장의 버거움
몽글몽글 부수고

까맣게
타들어 가는 청춘
어루어 쓰다듬는다

어머니가 끓이던 된장국 내음도
갯벌의 퍼덕거림도
숟가락 위에
한 술 얹어 놓는다

가끔씩
친구의 이름을
부르는 기억의 저편
한 손으로는 받치고
한 손으로는 떠올린다

당신이
흙덩이 일으키는 들판에서
황소 고삐를 힘껏 당기고

바람 가르는 목소리로
날짐승 깨우던 그때가
그립다.

아버지 · 2

앞산 개울가 돌멩이 나무 지게로 나르고
텃밭에서 퍼내 온 흙
한 담 한 담 쌓아 올린 옥호리 흙돌담
한결같이 곁에 있었다

대나무 엮은 평상에 빙 둘러앉아
옥수수 먹는 저녁에도
산짐승 으르렁거림 두렵지 않았다

온종일 비 쏟아지는 깔끄막
쓸어내리는 빗물
집안으로 들어오지 못하게
온전히 막아낼 수 있었다

멀리 있을 때
가슴 앞에 걸어놓은 우체통
평행한 빗금 치며 붉은 녹이 슬어가도
옆구리에 단단히 감아 잡고
손 편지 내내 기다렸다

서서히 기울어 가도
부딪히는 비바람 견디며
안쪽과 바깥쪽 경계에 서서
여전히 우리 지켜주었다

차츰 허물어지고 나뒹굴어
한 줌의 흙
뒷산의 돌멩이로 되돌아가도
처음 만난 그 자리에
언제나 서 있었다.

아버지 · 3

운산리 뒷산 아래
자갈 섞어진 논다랭이가
물려 받은 농토의 전부였지

서울로 대학 등록금 보낼 때
컴컴한 지하 굴속 들어가 구해온
부서진 곡식의 알갱이조차도
한 푼의 지폐로 바꿔야 했지

배움터로 간 식구 찾아온 날이면
밭두렁길 따라 쌀가마 푸성귀
작은 등에 짊어지고 신작로로 나갔지

집으로 돌아오는 길
아무리 가파른 가장의 생일지라도
바람벽 되어야 한다는 생각으로
돌담 골목길 해종일 오르내렸지

마침내
막내 삼촌은 대학 교수로
두 딸은 국가 공무원으로
아들은 어엿한 사장으로
키워냈지

높낮이 조절 침대에서
가쁜 숨 몰아 쉬는 순간에도
굳게 닫아 버린 유리막 경계 너머
피멍 든 손 들어 흔들며
어여 가거라 어여 가거라 했지

까만 상흔 몸속 차곡히 쌓여도
괜찮다 괜찮다 하며 아픔 홀로 짓누르고
마지막 나들이 가던 날
흐드러진 벚꽃 한아름 안겨 주었지.

아내

향일암으로 소풍 가는 날
수평선 그리며
내게로 온 당신

산꼴 소녀의 눈망울로
징검다리 건너며
시 쓰는 당신

굴곡진 얼굴에
연분홍 향기 뿌려
생긋생긋 미소 짓고

짙은 안개속에서도
가는 길
훤히 찾아주는 당신

생일날
나의 이름 새겨진
초록빛 만년필로

이 사연
화선지 위에
쓰윽쓰윽 써 보내는 당신.

겨울과 봄 사이

이른 새벽
산책길에
기다리던 눈이 내린다

입춘 지나고
정월 대보름 지나
첫눈이 내린다

가슴에도
머리 위에도
눈이 내린다

진홍빛 심장
자꾸 고동치는
함박눈이 내린다.

멸치 떼

물속으로
흐르고 싶다

돌부리에 몸 찢겨도
바다로만 가고 싶다

숭숭 뚫려진 뼈의 구멍에
칼슘을 더 채우고
무작정 세상으로 뛰어들고 싶다

태양이 뜨면
섞어진 날들을 뜰채로 걸러
은빛 세상을 만들고

태양이 지면
흐르는 점이 되어
바다의 가슴에 박히고 싶다.

민들레

갯바람 부는 언덕에서
가녀린 떨림으로 다가온다

그리움 가득해도
눈부신 햇살에
다 전할 수 없다

솜사탕 흩날리듯
홀씨되어
날아가다

봄비 내리는 날
그대 곁에서
노오란 사랑으로
다시 피어나리.

불안

나무를 친친감고 있는
넝쿨이 뱀처럼 쑥쑥 자라
숨쉬지 못하면 어쩌지

숲속에 혼자 남은 새 한 마리
맑은 소리 내지 못하면
어쩌지

평안한 숲길이
갑자기 없어져
걸어갈 수 없으면 어쩌지

나뭇잎이 춤추며 반기지 않고
조용히 숲 기어오르는
다람쥐 볼 수 없으면 어쩌지

숲속에서
피 빨아 먹고 사는
모기들을 내쫓을 수 없으면 어쩌지

비가 그친 아침
문득 이런저런 생각을
해본다.

염주팔찌

비 오는 날
용화사*에 갔다

주지 스님이 준
염주 하나
처마밑으로 들어왔다

낮이면
물처럼 흐르다가
밤이면 손목을 조여와
방구석에 풀어던졌다

칠월칠석 날 아침
그 팔찌 몸 안으로 들어와
둥그런 부처가 되었다.

---

* 경남 통영에 있는 절

시마

시마에
걸렸나 보다

쓰고픈 말이
머리끝에서 발끝까지 쏟아진다

시상이 끝없이 떠올라도
그 시간을 멈출 수 없다

이러한 것을
천형이라 칭하는 걸까

시를 너무 좋아하는 것도
죄가 되는가 보다

하늘이 주는 벌이라
피할 수도 없나 보다

생각이 멈추지 않고
잠을 이룰 수 없다

나무와 풀들이
서서히 친구로 다가온다.

후회

어스름 출렁이는
바닷가에서
친구들과 함께
술을 마셨다

하고픈 말
모두 쏟아냈다

어느 순간
가슴이 텅 비었다

푸르던 하늘이
다시 흐려졌다.

여름나기

사는 게 힘들어 지치거든
해질 무렵 바다로 나가
신발과 모자 툭툭 벗어놓고

노을빛 구름 부채 들어
뜨거운 여름
서늘서늘 부쳐보라

냉풍에 까끌까끌한 눈은
촉촉한 습기에 매끄러워 지고
피부는 자연을 호흡할 것이다

세상이 더 알고 싶어지거든
어둠이 내려앉기 전
바다의 밑바닥
척척 찍어 가슴에 고이 담아보라

사는 게 답답하거든
방파제 앉아 낯설음 한 잔 마시며
내면 깊이 숨겨온 말 훌훌 털어 놓아라

살다가 정말로 지치거든
욕심 없는 파도 소리
가만히 들어라.

신혼일기

비가 내리는 날
어김없이
한반도의 지도가 그려지고

겨울이면
수돗물이
꽁꽁 얼어 붙는 곳

퇴근 길
소주 한 잔으로
인생을 논할 때면

주인집 개가
컹컹
온 동네를 깨우는 곳

새로 분양 받은 아파트
층수 올라가는 만큼
사랑의 탑도 쌓여 간다.

3장 · · · 길손

가녀린 물그림자 쉬어가는 언덕이다

하루

아침엔
여항산* 바라보며
산뜻이 미소 짓고

들꽃의 향연 따라
새들이 나래치는 이유
물으며 거닌다

한낮엔
은빛 출렁이는
바다로 나가

소금기 머금은
벼랑끝에서도
소나무 휘어 자라듯
생생한 꿈 키운다

밤엔
개다리소반 앞에 앉아
도란도란
삶의 실타래 풀어 간다.

---

* 경남 통영에 있는 산

나는

해지는 저녁
한 점 물방울 없는
먹구름으로 떠 있어도 좋다

네가
찬서리 멀리 보낸 밭두렁에 앉아
한들 한들
봄을 캐어낼 수 있다면

앞마당에서
하하 서로의 배꼽 내밀어
통통 튀는 용수철이 될 수 있다면

살랑 살랑 청보리밭에서
생기로움을
창공에 톡 쏘아 올릴 수 있다면

진달래 어울어울 피는
산모롱이로
도란도란 소풍 갈 수 있다면

해지는 저녁
한 점 물방울 없는
먹구름으로 떠 있어도 좋다.

소망

하얀 셔츠에
나비 날개의 매듭 묶는 날
무대 앞에 당당히 선다

청남방의 옷깃 세운
뭍에서 그리 멀지 않은 섬
거기서 여객선 탄다

선들선들 모자 눌러쓰는 날
파란 잔디밭에서 그물손
허공을 텅텅 밀어 올린다

그 모습만 보면
하루가 출렁거렸는지
잔잔했는지
알 수 있다

둘이서 지금껏
산 넘고
강 건너
왔기 때문이다

그 모습만 보면
그대와
어느 곳이라도 가고 싶다

그 모습만 보면
분홍빛 사랑초
피고 또 피는 뜨락에
온종일 머물고 싶다.

꽃무릇

산마을
훤히 보이는
강둑에 서서

당신 향해 선들선들 손 흔든다
발걸음 소리 들리는 것만 같아서

저기 흐르는 강물
따라나서면
당신 만날 수 있을까

대지에 뿌리 박혀
한 발자국도 움직일 수 없어
당신에게 갈 수도 없다

당신 곁으로 간다면
우둘투둘한 세상 헤집고
덩기덩기 살아갈 수 있을 텐데

천지 기운
촘촘이 박힌 알뿌리에
자양분 듬뿍 담아 둔다

당신 오는 그날
붉은 꽃 한 송이로
소롯이 피어나기 위해.

나는 너에게

네가 전등 켤 수 없는 곳에서
지혜의 말 꺼내고 있을 때
주머니 속 손전등 되어 줄게

새벽 바다에 안개 뒤덮인 날
네가 통통배에 서서 그물 끌어올릴 때
둥둥 떠 있는 부표 끝의 깃발 되어 줄게

바람 부는 날
네가 우듬지에 앉아 있을 때
한 마리 새 되어
방향을 선들선들 알려 줄게

자갈이 여기저기 흩어져 있는
황토밭에 네가 씨앗 뿌리고 있을 때
발끝 간지럽히는 밭고랑 되어 줄게

오늘처럼 탁탁하고 주름진 날엔
드넓은 모래톱 위의 파도 되어
구겨진 날 곱게 다려 줄게.

길손

여름날
종이비행기 타고
떠나야 한다

가야 할 곳
이름 석 자
새겨진 그곳으로

혼자만의 삶도
데리고
가야 한다

폭풍이 불면
부는 대로
소낙비 오면
오는 대로

청년시절부터
날리던
종이비행기 타고서

이 비행기 내리는 곳에
나의 하루가 있고
나의 문학이 있고
나의 친구가 있으니까

오늘 아침 홀로
차 한 잔 마시다가
책상 앞에 앉아
지나온 시간을 접는다

연료도
승객도 없이
지금껏 한길 걸어온
추억 한 장 까지도.

기다림 · 1

그대 떠오를 때마다
손 편지를 씁니다

동백꽃 피는 섬에
같이 가고 싶은 마음
한 줄 한 줄 써 보내겠습니다

가녀린 바람이 흔들어도
잠들지 못하는
울부짖음

떨어지는 나뭇잎이
대지 덮어 주는
따스함도 담아 보내겠습니다

그대여
편지함 열어 주세요

쓰고픈 말 희미해지면
아름답고 향그러운 말
그대에게 보내겠습니다

때로는
시 짓거나
노래 부르며

흐르는 시냇물같이
봄 하늘 종다리같이
편지 써 보내겠습니다

그대의 해맑은 강물 되어
한 통의 편지로 떠가겠습니다.

금강골* 가는 길

산능선에
편백나무 굴참나무 나란히
천 년의 숲 이루고

다섯 손가락 오므려
귀에 모으니
한 줄의 음악이 된다

스치는 사람의
이름은 알 수 없어도
정겨움이 말소리 타고 밀려오고

풀벌레 소리 멀어져 가도
싱그러운 아침이
부리 내밀어 나래친다

개울은
자갈 흩어진 밑바닥 쓸어
골짜기 철철 울리며
낮은 곳으로 흐르고

오솔길 오르다 멈추어
푸른 이끼 의자 위에 앉으니
땅끝에 한가로움이
저절로 인사를 한다.

---

* 전남 해남읍에 있는 마을

그리움 · 1

난 지금은
파도치는 바다 위에 떠 있단다

바람아,
이 편지 꼬옥 안고 가서
지난 추억 그리워 울고 있는
님에게 전해 다오

혹여 님이
이 하늘빛 편지
안 받은다 하거든

이젠
아무런 욕심도 없으니
읽어만 달라 전해 다오.

그리움 · 2

그대는
따스한 햇살
하늘빛 바다

저 바다, 저 햇살
하나 되는 날

그대 온다면
얼마나 좋을까

해 뜨고
달 지는
산마을의 수줍음

저수지 둑방에서
풀꽃 반지 끼워 주는
생글생글한 미소

이젠 낙엽 되어
시린 가슴 쓸어 내리니
어찌할까

분홍빛 시간
가슴에 묻고
들꽃 되어 살아가니
어찌할까.

그리움 · 3

앞산에
산수유 피고

뒷산에
살구꽃 핀다

내 마음에는
언제쯤
봄꽃이 필까

이른 아침에
발걸음 따라
그대 오는 날

내 마음에도
봄꽃이
피어나겠지.

구름

아무리 붙잡으려 하여도
가고픈 마음 잡을 수 없다

온종일 기다려도
돌아오지 않으니 어찌하리

산 굽이 돌아
하늘 오르는 추억

화선지에 한 조각 펼쳐
이 마음 전해보지만

끝내는 산능성이 너머로
흔적도 없이 흩어져 버린다.

갯마을 아낙네

찰삭이는 파도 타고
밀려온 노을
소리 없이 부서진다

긴 하루가 발등 덮자
조개 보따리 업은 채
휘어 버린 저녁 이끌고
집으로 향한다

조개 한 그릇 오천 원
갯벌 쓰윽쓰윽 긁은 품삯 이만 원

고운 피부 까맣게
쉼없이 일터 나온 팔순
어느새 갈라진 바다의
길동무 되어 있다

가만히 있으면 더 아파
외로움 쓰다듬어 주는 바다가 있어
얼마나 좋은지 몰라

오늘도
젖은 어깨 가벼이 접고
푸른 섬으로 산다.

고하도에서

지난봄
당신 손 꼬옥 잡고 가던 길
오늘은
두 아들과 함께 오른다

메마른 어깨 부축이며
몇 걸음 거닐다 버거워
쉬어 가야만 했던 길

붉은 동백꽃 피어 있는
산마루 끝에서
돌아서야 했던 길

오늘은
오랜 장마 끝나고
햇볕 쨍쨍한 날
은빛 쟁반처럼 빛나는 길

휘청 뜨는 허공에서
덜컹거림 저 멀리 보내고
나란히 마주앉아 흐르는 점 되어
오르락 내리락 하는 길

온몸에 파고드는 고통
뚜벅뚜벅 나무계단 타고
낮은 곳으로 내려가는 길

홀로가는 외로움
섬처럼 바다 위에
촘촘히 박혀
눈부신 여름이
어깨춤 추고 있는 길.

경매

어판장 어디선가
웅얼거림
귀바퀴 타고 들어온다

발목 덮은 신발
검붉은 모자
한곳으로 모여들어 술렁인다

눈의 방향은
오로지
염기 섞인 물의 상자 안

슬쩍슬쩍 훔쳐보고
손바닥 움켜쥔 칠판에
단번에 암호 써 내린다

어깨너머 적막
부싯돌 재빠르게 그어대고
그 뜻 풀이한다

서로 마주치는 눈길
말없이 응시하며
큰소리로 결정 외친다

탈락의 순간이란
이런 것일까

표정과 몸짓 속으로 감추고
토닥이며 다시
자신만의 수를 쓴다

여름 한낮에 재치있는 솜씨로
파닥거림들
주인 찾아 주느라 분주하다.

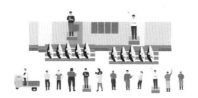

겨울 편지

섬마을 초등학교 운동장
소나무 가지 위에
첫눈이 휘몰아치던 날

종례시간이 끝난 교실에서
포근함이 한 줄 한 줄 서려 있는
편지를 너는 내게 주었지

노을빛 그림 엽서에
거기
또록또록 쓰여진 사연

네가 멀리 떠나가 버린 후에
서랍 깊이 넣어 두었지
그 편지 슬며시 접어

네가 생각 날 때마다
아무도 몰래 꺼내어
책상에 고이 펼쳐 놓곤 했지

깔깔꺼리던 지난 날
운동장에
내 마음 함박눈 되어
쌓이고 또 쌓였지

단단히 굳어버린
생의 껍데기
어느날 사르르 녹아내렸지

답장 쓰려고 해도
하고픈 말
손끝에 매달린 채
뱅그르르 흩어지곤 했지.

그립다

털 털 털 둘이서
간척지로 가는 길
강변의 갈대
하늘하늘 손 흔드는 그 길
이제는 갈 수 없다

지난 가을
당신 떠나간 뒤
높이 울타리 치고 사는 난
한 마리 날개 잃은 새

구릿빛 얼굴에 탱자꽃 피어나고
좁은 논길 거닐던 종아리 근육이
차츰차츰 몸 밖으로 빠져 나간다

청매실 탱글탱글 익어 가는 오늘
영산강 봄바람 길동무 삼아
간척지에 나가 논물이나 가둬야겠다

오늘따라 논두렁에
한 줌 한 줌 노란 콩 심는
당신이 보고 싶다

나란히 심어 놓은 벼들이
푸릇푸릇 자라는 들판에서
도란도란
당신이랑 새참을 먹고 싶다.

강가 동행

챙 없는 모자 쓴 채
오목과 볼록
턱밑에 딸각 고정한다

가을 빛깔 곱게 물들고
눈부심 온전히 걸러 주는
나만의 취향

부드러운 솜털 쏘옥 집어넣은
뽕 바지 입고 앉는다
마룻바닥처럼 딱딱한 안장에

넘어지고 넘어지는 연습 끝낸
그대와 둘이서 영산강가에 나간다
굴러 가는 두 바퀴 위에
아직은 청년이고픈 몸 얹고서

억새꽃 바람의 노래 전하고
어깨 스치며 지나가는 강가
오리 떼 한가로이 자맥질한다

언덕 타고 오를 때
내리막길 달릴 때
크고 작은 동그라미

속도의 높낮이 걸어 바꾼다
자갈 깔리고
모래 흩어진 길 돌아갈 때
앞서거니 뒤서거니
사랑의 말 건넨다

끊임없이 굴러가는 길 위
서로의 균형 잡아 주며
마지막 남은 생수
한 모금씩 나누어 마신다

처음 강가에 나들이 오던 날
바람 불고
어둠이 강 쓸고 내려와
갈 수 없었던 길

오늘은
흰구름 층층이 수놓고
윤슬이 말없이 손짓한다

달리다 멈추어
둥근 종이 뚜껑 열고
뜨거운 물 넘실 붓고
굴려 온 하루가 익어 가는 둑방

삼십 년 친구 마주보며
마냥 웃는다
추억으로 향하는 길
나란히 바라보며.

가족사진 찍는 날

뒷산의 아카시아꽃 향기
집안 가득 채우는 날

손가락 끝으로
얼룩진 얼굴 살짝 문지르고
장롱 속 결혼반지 꺼낸다

아내가 골라 준 양복에
흰 셔츠 입고
연분홍 매듭 접는다

좁고 가파른 계단
아직 그대로 있는
화정동 사진관

아내 손잡고
통나무 의자에 앉아 있으니
대학 졸업한 두 아들이 옆에 선다

조금씩 고개 돌려
뿔테안경 속의 눈동자
아날로그 렌즈에 초점 맞춘다

목소리 높고 낮음에 따라
저 마다의 포즈로
웃음의 단추 풀어 놓는다

셔터가 닫히자
수많은 순간 속에서
빛과 구도, 전경과 배경이
잘 어우러진
사진 한 장 고른다

지난해 봄
이사한 우리 집
햇볕 잘 들어온 거실벽 한가운데
이 추억 소롯이 걸어놓고

오늘처럼
밝고 아름다운 몸짓으로
행복 한아름 실어 날으려고.

25시의 방

공허함 속에서
출렁거릴 때에도

오랜 여행길
땡볕에 목 마를 때에도

찬바람 불어
그리움 더해가는 날에도

당신이 오면
처마밑에 호롱불 밝혀
맨발로 뛰어나가 맞으리

작은 공간에 채곡채곡
쌓여 있는 따스함
식탁 위에 가득히 채워 주리

슬픔 저 멀리 보내고
기쁨 끌어 안아 주는
쉼터가 되리

금강골에서
홀로 지새우는 첫날밤
추적추적 우산 받쳐 들고
찾아갔던 곳

하늘
경계 허무는
그 빛 환하기만 하다.

우리 집 모내기

어머니가 앞마당 돌 틈에
심어 놓은 접시꽃
장대 끝 향하여
층층이 싱그러움 발산한다

형제들 웃음 소리
고향집 대문
들썩거리는 날

갈대숲
댕기깃 왜가리
부지런히 먹이 찾아
통통 들녘 나선다

흙덩이 빗살 치어
평평히 단장한 간척지
강물이 목마름 적신다

논두렁에
파릇파릇 사각형 사뿐 들어
끈끈한 우애 전한다

신의 몸놀림으로
포기 나눈 초록 살며시 집어
물그림자 어린
바닥에 착착 꽂는다

이마에 땀방울 맺힐 때
들판 언저리에 새참 차려놓고
손짓하는 어머니

모포기 빈 곳 없어야 한다
물꼬 잘 살펴야 한다
아버지의 목소리
낭랑히 들린다
저기 저 멀리 언덕 위에서.

너에게

가고 싶었다
하루에도 몇 번씩

꺾어진 생 붙잡고
어둠 속에 들어갈 때에도

버거움이 스며드는 아픔
진종일 짓누를 때도

너에게
달려가고 싶었다

높은 산 너머
휘몰아치는 바다에 있어
가까이 다가서지 못했다

찬바람 부는 저녁
늘어진 소나무 사이로
달빛이 눈으로 들어온 밤

쓰디쓴
술 한 잔 마시며
들꽃 피어나는 강둑으로
함께 갈 수 있다고

윤슬 강변 어루만지며
함께할 수 있다고

손가락 끝으로 짚어올린 추억
휘휘 허공에 날리며

가고 싶었다
날마다.

시 한 편

골방의 뒤척거림 뒤에 두고
어둠이 채 물러나기 전
만대산*에 오른다

저 멀리
꿩들이 퍼덕거리고
발걸음 따라
숲속은 꾸욱꾸욱 반겨 준다

산능성이에서 내려오는
신선한 것들에 안기는 기분
야생화 향기 코끝에 담은
시를 써 본다

스승의 날 기념으로
스승님께 살며시 시 보내면
뭐라고 하실까

청명한 숲속의 풍경을
시로 써서
문학교실에서
깔깔거리고 싶다

징검다리 건너고
돌무덤 지나
산길 한 모퉁이 쉼터에 앉아

---

* 전남 해남읍에 있는 산

개울물 소리
싱그러운 초록 닮은
시 한 편 읊조리고 싶다.

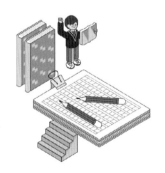

해창 마을

시뻘건
양철지붕 골 깊은 상흔
스스로 내고

뒷산 부드러운 곡선
우연히 찾아온 나그네
품어 안는다

갈라지고 쪼개져도
허공 가위질 하는
백 년의 정원

황국신민 돌비석
한민족 아픈 기억
생생히 새긴다

웅크리던 골목길
가시 돋은 장미 벙글고
사선의 틈 동여맨 주둥이
꽃이파리 물고 있다

으쓱이는 강물결 타고
노을 들어오는 들녘
털털 걷어올린 밀보리
풍요 쏟아낸다

당산 어귀 종소리
어스름 호령할 때
술밥 짓는 내음
몸속 깊숙이 파고든다.

오십 년 지기 친구야

– 여름날 아침 성준에게

뒤뜰 왕대나무 타고
놀던 추억
온 동네 살구꽃 향기 뿌리고

노을이 들판 물들이면
누렁소 몰고 산길 내려와
집으로 갔지

겨울이면
말라 버린 저수지 밑바닥
산언덕에 배깔아 붙이고
팔꿈치로 굳센 기운 끌어내고

언손 실타래 솔솔 풀어
기상 높이 날리며
청보리밭 함께 누비던
친구야

유년시절 고향 떠나
한동한 소식 없어도
마음만은 서로 가까이 있었지

낯설고 힘든 유학생활 내내
나를 생각했다며 귀국하던 날
정겨움 듬뿍 담아 내밀던
친구야

지금은
환경공학 꿈 키우며
너른 강단에 당당히 서서

열 손가락에 여유 스르르 감아 당겨
굽이진 길 부르릉 돌아가며
강물소리로 나를 부르는
친구야

허허롭다 싶어지면
집안에 소소한 밥상 차려 놓고
유리창에 톡톡 빗방울 같은
소주 한 잔으로 텅 빈 나를 채워 주는
친구야

언제나
나의 말에 귀기울여 주는
나의 느낌표

축축한 장마 끝나는 날
신세대 캠핑카로 여행 떠나자며
꺼져 가는 심장에
둥둥 북소리 울려 주는
친구야.

제라늄

고향집에서 데리고 온
화분 하나
아파트 베란다에 놓는다

빛깔 곱고
윤기 흐르던 자태
어느새 시들해 버린다

물 주고 창문 열고
관심 한 사발 부어
빛나는 그를 부른다

어찌할 줄 모르고
뿌리 위에
곰팡이까지 핀다

집 밖으로 옮겨
큰 나무 밑에 둔다
하늘 땅 기운 받으라고

파아란 이파리 사이로
붉은 꽃망울 터지라고

바깥에 두고 온 뒤
아침에 일어날 때나

외출할 때마다
찬찬히 살핀다

이제는
온몸으로 햇볕 받아
맑은 바람 숨쉬며 살아가라고

꽃향기 날리어
몰려드는 벌나비들에게
산뜻한 선물 받으며 살라고

오늘도
어머니가 키우던
그 화분 앞에 넋 놓고 앉아
향긋이 눈 맞춘다.

어느 여름날

오늘은
왠지
한 줄기 소나기 되고 싶다

이른 아침
땅끝 향해 가는
출근길

밤새 빛의 유혹 뿌리치지 못해
유리벽에 부딪힌 영혼
말끔히 닦아 주고 싶다

어디든 실어 나르는
바퀴의 버거움
가벼이 튕겨 주고

메마름에 고개숙인 해바라기
물기 머금어
영글게 하고 싶다

온종일 들끓은 대지에
천둥 우르르 몰고 와
뜨거움 쏴악 식혀 주고

일터에 앉아 있을 때
언제나 아름다운 배경의 화초들
문밖으로 내어

이파리에 물방울 굴리우고
하루의 시작과 끝 침묵으로 접어
쪽방의 창문 톡톡 두드리는
한 줄기 소나기 되고 싶다.

덜렁이

손끝에서 발끝까지
상처가 번번이 온다
아무런 예고도 없이

나무연필 깎다 검지 칼끝에 스치고
사무실 책상 돌아가다
네모난 모서리에 무릎 푹 찍힌다

숨죽이며 정지된 차 문 열다
안경테 딸깍 부러지고
선홍빛 핏물이 얼굴에 흘러내린다

고통이 허구한 날 따라와
한 발짝 앞서 나간다
절뚝거림 토닥여 이끌며

사흘이 멀다 하고
살갗 벗겨지고
정강이 덜거덩 찢겨도
거짓말처럼 새살이 돋는다

만약에 이런 유전자 아니면
지금쯤 어찌 되었을까

여태 헐떡이며
속울음 끌어안고
나와 살아온 너
그저 고맙기만 하다

내일은
또 어느 아픔 다가와서
매끈히 아무는 나를 맞아줄까.

4장 ··· 산다는 건

겉치장 벗고 푸석거려도 묵묵히 뻗어가는 것이다

무지개

회색빛 도화지에
빨주노초파남보 그린다
이슬비 내리는 날

종종걸음으로 걷다
새벽 하늘에
말없이 떠 있어도
알 수 없었던 너

강둑에 서서
선명한 곡선의 띠
배경 삼아
가슴에 고스란히 담는다

가까이 다가갈 수록
한 발 앞서가더니
햇살이 차오르자
흔적도 없이
사라져 버리는 너

그 일곱 빛깔
언젠가 홀연히
눈앞에 다시 나타나겠지
생애 한 번쯤은.

그대 · 1

그대는
안개꽃 피는
강물이었습니다

처음 만나던 날
바스러지는 수양버들 사이로
살며시 몸 담그고

노을 지는 산그림자
가뭇없이 품어주는
강물이었습니다

둑방으로 내려온
들꽃 향기
소르르 실어 나르고

켜켜이 쌓이는 상흔
삭여 밀어내 주는
강물이었습니다

깊은 곳에 숨어 있다가도
보고픔 밀려오면
초록빛으로 출렁이고

밤새 진흙탕 헤매다가도
아침 되면 하염없이
반짝이는 강물이었습니다.

그대 · 2

모양도 색깔도 없는
우체통
맨 처음 알아내어
먼리서두 편지 한 소절
낭낭히 읽어주는
미지의 언어

누구도 들어오지 않는
울타리 안
눈 덮인 가지 사이의
황매화로 피어있는
청초한 여인

한밤중에도
빈 방 책꽂이에 꽂혀 있는
한 권의 시집
책상 앞으로 다가와 소곤거리는
정다운 친구

한낮에 둑방길 홀로 걸을 때
은빛으로 출렁이며
목마름 적셔 주는
눈부신 강물결

상상의 나래 펼칠 때면
아득한 슬픔 가득차 올라도
기쁨으로 다독여 주는
따스한 손길

삐뚤삐뚤 서투른 문장 속에
숨어 있는 이미지
함초로이 그려 주는
수피아.

코로나19

어둠 덮어 오는 거리 내달려
낯선 이방인 골라내는
진료소로 향한다

끝이 어디인지
광장 두리번거리다
먼저 온 기다림 따라
비로소 곡선의 꼬리 잇는다

겹쳐진 헝겊 속에 숨어든
입술 꾸욱 다물고
저만치 등불 켜진 천막 응시하며
가다가 멈추고 또 간다

마침내
함박눈 날아들어 온 종이에
이름과 전화번호 적어 내민다
서로를 막아 버린 벽 틈으로

하얀 비닐 온몸 뒤집어쓴 천사
솜방망이로 숨통 푹 쑤셔 넣더니
참 잘 했어요
어린아이처럼 대한다
한동안 집에 머물러 있어야 한다는
그 말과 함께

이제는
잃어 버린 미소 되찾고 싶다
푸른 강가에 나들이도 가고 싶다
평범한 일상이 짓는 가락 흥얼거리며

웅크린 음성
채 몇 시간도 지나지 않아
초인종 딩동 울린다

뒤섞여진 삶의 조각들
투명한 여과기에 걸러
해맑은 내일 만나고 싶다.

빨래집게

동쪽과 서쪽 공중의 팔랑거림
풀어헤치려다
벼랑 아래로 툭 떨어져 버린 너

찬서리에 조금씩 움츠리고
살갖에 따가운 볕 진종일 스며들어
그 형체 날마다 바래어 간다

어둠이 덮어 내리니
거닐 수도 없다
제자리 돌아가려는 의지도
속 시원히 말하지 못한다

어찌하면 집안에 데려올까
긴 낚싯대 꺼내어 끌어 올려 볼까
줄줄이 인연의 끈 매달아 당겨 볼까

저만치 말발굽처럼 오므리고 있는 너
쭈욱 고개 내밀어 들여다보다
건져 올리려는 생각 스르르 닫는다

몇 시간도 채 흐르지 않아
안타까운 미련 서성거린다
어찌하든 끌어 올리려고

물기 머금어 버둥거린 것
쇳덩이 녹여 붙인 막대에 걸쳐 놓고
엄지 검지 손가락 꼭 집어
보송보송 잘 말리는 날 오기만 바란다.

누군가 부르지 않아도

누군가
한 사람 초대한
방을 만든다

이 방에 들어서면
먼 여행 떠나듯
들썩거리고

어느 날은
눈시울 젖어 애태우며
낮은 곳으로 가라앉기도 한다

귀 닫고 싶을 때
작게 눌러 죽이고
귀 열고 싶을 때
크게 댕댕 종 울린다

이 방 벗어나고 싶으면
스르르 나간다
해 뜨는 방향의 문 열고서

오늘도
관계의 방 만든 사람이
있다

문고리 하나
창문도 없는 방
도무지
그 모양과 색깔조차 모른 채.

자화상

나라는 이름의 나무
해마다 하나씩 생겨난
동그라미 수 적고
증명사진 붙인다
삶의 길로 여기는
이유도 적는다

어제도 오늘도 찾는다
발길 드문 산마을이든
북새통 도시 한복판이든
한아름 나무 자라는 터

우리 집 거실은
예비 면접시험장
아버지 어머니
의자에 앉아 묻고
그 물음에 대답한다

눈동자 마주보고
허리 곧게 펴
조리 있는 말도
연습하고 또 연습한다

어젯밤 꿈에
할아버지가 주었던 금은보화도
한 가닥 행운으로 기댄다

아버지 어머니의 젊은 시절
빛바랜 공책에 쓰인 글씨와 사연
그 의미도 마음 깊이 새긴다

청춘 어깨 둘러메고
상행선 열차
구부러진 산길 달리는
겨울 저녁

바늘구멍 들어가는 것보다
어렵다는 등용의 문
생각하면 힘겹고 슬프지만

온몸에 뜨거운 피 막힘 없이 돌고
어느 문이든 서슴없이 두드리는 손
성성히 걷는 발이 있다는 건
얼마나 가슴 뛰는 일인가.

길 떠나는 금요일

생각 보따리
골방 여기저기 풀어 놓고
유리창 톡톡 두드리는 빗방울 소리
들었던 여름
엊그제인데

이제는 혼자만의 터에
사계절의 낮과 밤
모두 두고 간다

알 수 없는 이유로
그저 가슴 답답하고
머리 지근거릴 때마다
신선한 공기로 심호흡해 주었지

울부짖는 새벽
비탈진 산길 오를 때는
멀리 비추는 등불 되었지

일찍 출발한 하루 높이 뜨면
푸른 숲 그대로 담은 저수지
한가로이 헤엄치는 물새 되었지

퇴근길 아무도 찾아오지 않을 때
파도 타고 오는 노을 되어
황금빛으로 물들여 주었지

마음의 창가
한없이 해 뜨고 달 지는
먼 후일에도

사색의 땅끝
불면의 순간들
내 안에 오래오래 남아 있겠지.

언제나 그대 곁에

그대가
강가에 나가면
종종 따라
강으로 가고 싶다

그대가
산에 오르면
발걸음마다
새 꿈 꾸는
초록이 되고 싶다

봄비 그친 아침 도서관 앞
천년 고불매 꽃잎만큼
셔터 눌러 대면
그 옆에 서서
한 송이 배경이 되고 싶다

초승달 뜨는 새벽
창가에 앉아 시 쓰면
그대의 매끈한 눈썹 같은
시가 되고 싶다.

호접란

하얀 보랏빛깔 겹쳐진
은은한 향기

반쯤 열어둔 창문으로
소나무숲 언덕배기 불어오는 바람에
꽃잎 파르르 떨다가 제자리 돌아선다

한낮의 분주한 시간 지나면
통유리 아래 창문 닫고
초록의 커튼 내리고
불 꺼진 빈 공간에 앉아
나지막이 홀로 침묵한다

행여나 출입문 여닫는 소리 들릴까
귀기울여 봐도
아무도 찾아오지 않는다

청초한 자태 다 시들어 버린 후에도
봄이 한참 지나간 지금도

어쩌다
맑은 물 한 사발로
기나긴 여행의 갈증 적신다.

동그라미 여행

며칠 전부터
풍랑 살피고
하늘 살피고
바다 살핀다

굽이진 섬
길 잃을까
브레이크 잡아당기고
뒤돌아보고 또 뒤돌아본다

저만치 앞서 가다가도
내가 있는 곳으로
곧장 되돌아온다

오르막길
헛바퀴 돌 때
휘어진 받침대 손바닥으로 누른 채
부드러운 음악 들려준다

가끔씩
아무런 신호도 없이
벗겨지는 동력 걸어 준다
까만 기름 묻은 얼굴에
환한 미소 지으며

발끝 후들거려
더 이상 앞으로 나아가지 못하면
버거움 끌어 주며
고장난 시간 서로 나눈다

어느 곳에 가더라도
넘어지고 찢겨진 상처 어르고
잃어버린 중심 온전히 잡아 준다.

나만의 사진 교실 · 1

초록의 이파리 사이로
안개처럼 내리는 빛 사라지기 전
메타세콰이어숲으로 와요

원하는 만큼
조리개 열고
끝없이 셔터 눌러요
너무 서두르지 말구요

흔들리거든
호흡 가만히 가다듬고
언제든 어깨에 기대어요

한꺼번에 모여들거든
한 사람 눈동자
선명히 초점 맞추어요
상이 흐려지지 않도록

예쁜 모델 없어도 괜찮아요
푸른 물 위 떠 있는
강한루 오작교 다리 사뿐 건너
옷자락 흩날리듯이 포즈 취하며
서로 모델 되어 주니까요

바깥 주변 잘 살피고
발품 팔아 바라보는 시점 바꾸고
여백은 가능한 적게 해주어요
다른 사랑이 끼어들지 않도록

주제 돋보이게 하려거든
눈앞에 배치해 두어요
혼자만의 울타리 안에
너무 가두지 말아요

강가 물살 표현하려거든
여태껏 잠겨진 마음
오랜 시간 동안 열어 두어요

오직 하나뿐인
예술 작품 만들어요
아직은 어설픔 담겨진 솜씨일지라도.

나만의 사진 교실 · 2

강물에
스멀스멀 올라오는 중원의 밤
바람 부는 강둑에서
철사줄에 솜덩이 동여맨 횃불
오른손에 감아쥐고 빙빙 돌리던 흔적
표현하려거든
그 불꽃에
초점 온전히 맞추어 주세요

단 하나의 떨림도 허락하지 않으려거든
단단한 긴장
너른 들판에 풀어놓고
엄지와 검지 마주잡아
셔터 가만히 눌러 주세요

오고가는 눈동자
선명히 담아 내려거든
조리개 아주 열어젖히고
차분히 서서 기다려 주세요

처음 보는 풍경도
여실히 드러나게 하려거든
하얀 세상 더욱 하얗게
파란 세상 더욱 파랗게
색깔 온도의 균형 잘 맞추어 주세요

이 설레임 오래 간직하려거든
노오란 달맞이꽃 한 송이 넌지시 입에 물고
휘영청 보름달로 높이 떠서
가는 길 훤히 비춰 주세요.

사연 하나

언젠가 네가
살며시 건네준 종이 한 장
곁에 두었습니다

컴컴한 밤에도
훤히 빛나는 낮에도
함께하였습니다

정말로 잊고 살았습니다
한동안
까맣게 잊고 살았습니다

어디 숨어 있는지
어떤 모습인지조차도
모르고 살았습니다

문득
수면 아래 잠겨진 추억 선명히 떠올라
차곡히 덮여진 책갈피 속에서
이제야 찾았습니다

내내 숨죽이고 있는
빛바랜 기다림의 문장들
꺼내었습니다

강물 넘실거리는 산골마을 징검다리
한 걸음 한 걸음 건너갈 때마다
하얀 찔레꽃 향기 실어나르는 편지
읽고 또 읽었습니다.

비바라기

산마을 비탈진 자갈밭에 자라는 콩이파리에
빗방울 떨어진 때가
언제였는지 가물거린다

네가 온다는 소식에
으레 껴입고 다니던 겉치장 벗어 던지고
투명한 비닐우산 들고
동네 어귀 서성거린다

몇 날 며칠 갈라진 논바닥에
물기 흠뻑 머금어 평평히 아물기 바라며
한 번 더
손바닥에 들고 있는 화면을
지그시 눌러 오늘의 날씨 검색한다

아까만큼
들판의 돌아온 밤바람이
여전히 살갗 스치고 지나가도
감성 톡톡 두드리는 소리 들리지 않는다

여태껏 마른장마야
날이 갈수록 번져 가는 대지의 불길 모두 끄고
흥건히 젖게 해 다오.

어느 여름에

그대
없는 날은
단 하루도 거닐 수 없다

신선한 아침 떠오르기도 전에
날카로운 이빨 짐승이
물어뜯어 버릴 것만 같다

들이마시고
내쉬는 숨 헐떡거리고
발바닥 후끈거리도록 뛰어도
허전함은 줄줄 따라나선다

홀로 오솔길 가다
느닷없이 나타나
멀찌감치 서 있는 두려움
점점 내게로 가까이 온다

그 눈을 끝까지 노려보지만
여전히 살갗이 오그라들고
좁쌀 토돌 토돌 돋는다

밤새껏 내리던 비 그치고
싱그러움 올라오는 오늘
보랏빛 싸리꽃 피어 있는 길
나란히 거닌다.

나의 연인

아침 일찍 깨어나
닫혀진 방문 아래로
형광 불빛 새어 나오면
가까이 다가가 밤새 안부 물어 보는
그대는 나의 연인

동네 어귀 한 쌍의 까치가 울어대는
느티나무 숲길에 서서
하루의 시작을 하하 외쳐 부르는
그대는 나의 연인

왕대나무 이파리 끝에 달린 이슬방울에
카메라 렌즈 밀었다 당겼다 하고 있을 때
가던 길 멈추고 말없이 기다려 주는
그대는 나의 연인

아무도 모르는 산기슭
붉게 익은 보리수 열매
대바구니에 담아
한 줌의 미소 내어 주는
그대는 나의 연인

하늘 파랗게 맑은 날에도
들판에 장대비 쏟아지는 날에도
향일암 소풍날
처음 만난 설렘 고스란히 간직하고 있는
그대는 나의 연인.

비 그친 수요일에

날마다 꽃잎 사연 정성껏 부치어도
아무런 대답 없는 무심한 님이시여
긴 장마 그친 아침 뒷동산 올라서면
행여나
동네 어귀
붉은 백일홍 꽃길 따라
내님 모습 보일까

선풍기

어디로 데려가든
출근길 젖은 머리 털어 말리고
퇴근길 시원한 내음 일으키며
곁에 있으면
그만입니다

버튼을 똑똑 누르면
정해 놓은 시간만큼 나래 펴서
산들바람 때로는 하늬바람 일으키면
그만입니다

조그마한 서재에서
가끔씩 다 읽은 책장 넘겨 주고
더워진 체온 차분히 식혀 주면
그만입니다

낮은 곳에 있을 땐 서서히 고개 떨구고
높은 곳에 있을 땐 다소곳이 고개 들고서
지친 당신을 아낌없이 헤아려 주면
그만입니다.

제라늄에 꽃이 핀다

어머니가 물려 준 화분에
해마다 붉은 제라늄 꽃이 핀다
아직도 다정한 그 손길
곁에 생생히 남아 있다

구부러진 느티나무 아래서
따가웁지도 그늘 지지도 않은
지상에 비스듬히 터 닦고
고요히 살아간다

온통 흐린 날에는
먹구름처럼 흘러가고
진종일 맑은 날에는
파란 사랑 한껏 담아 놓는다

언제나 그 자리에서
바람 불면
바람 따라 연주하고
비 오면
빗방울 따라 젖어든다

당신 심장 같은 이파리로
날마다 새로운 아침 맞이하고
저녁엔 하늘로 자라는 줄기마다
모아지는 별빛 오롯이 내려받는다.

디카시 그리고 길손

무심코 길 나선다
이번엔 어떤 꽃과 나무
눈앞에 나타날까

미지의 길
기대에 부풀어
이리저리 관심 돌리고
기웃 기웃

어느 소녀의 속눈썹 닮은
노오란 달맞이꽃에게
다가가 말 건다 소곤소곤

저기 멀리서 떠오르는 시상
낭창거리는 전깃줄에 걸터앉아
엄지와 검지로
화면 밀어 시심 당긴다

정말로
종으로 가는 건지
횡으로 가는 건지
싱그러움에 찰칵

휴대폰 갤러리에서
방금 담아둔 사진 한 장
메모장 안으로 부른다

여기에
나름 멋진 제목 달고
단 몇 줄의 문장이지만
행간의 말 서로 이미지로 어울려
상큼한 시어로 되살아나길 바란다.

블루 아워

하루가 차분히 꺼져갈 무렵
여린 수줍음이
고요한 호수 위에
물감 풀어 수채화 그리는
이 시간을 아시나요

한낮의 뜨거움이
붉은 깃털 내밀어 흔들어도
허공에 어스름 스르르 번지어
정갈히 찾아오는
이 시간을 아시나요

집으로 돌아가는 저녁
저기 멀리 산등성이 더욱 선명해지고
이곳 저곳 허둥대던 도시 한복판에서
오묘한 기둥 우뚝 솟아나는
이 시간을 아시나요

흙먼지 걸러내지 않아도
또렷한 지상의 경계 위로
나직한 푸른 빛깔의 온도
가슴밭에 저절로 담아지는
이 시간을 아시나요.

페달 쓰레기통

키가 하도 작아
네 발 달린 나무의자 위에
언제나 서 있다

조금만 건드려도
빙그르르 구르고

꾸욱 눌러 더 채우려 해도
어김없이 삐그덕거린다

지긋이 손끝 스치자
어느새 마음 열고
뒤돌아간 후에도
가만가만 벙글거리다가

저기 멀리 가 버린 추억
언제쯤 다시 찾아오려나
애태우며

날마다 작은 의자에
우두커니 서서
사랑 하나 품어 안는다.

오리털 파카

내 안에는
넌지시 나래짓하는
오리 한마리 산다

뒤뚱거리며 등피 콕콕 찌르며 쪼아대는 몸부림
애써 외면해 보지만
그치지 않는 몸부림에서
좀처럼 헤어날 수 없다

참다못해 잠겨진 단추 모두 풀고
누비진 천을 앞뒤로 뒤집어 찾아보지만
어느 곳으로 훅 날아가 버렸는지
흔적조차 찾을 길 없다.

정원 가꾸는 사람

그대 손길
스쳐가는 곳
언제나 정원

덜거덩거리는 것
가벼이 어루만져 주니
발걸음 머무는 곳마다
춘란 이파리 반들거리고
행운목은 녹색으로 짙어져 간다

점점 시들어 가다가도
다정히 그 손길 닿으면
줄기가 튼튼해지고
청초한 꽃들이 피어나기 시작한다

뜨거운 열기로 들어찬 낮과 밤
며칠 동안 지속되어도
꺼끌거리지도 않는 건
촉촉한 물기 머금고 있기 때문

벽시계 바늘 자꾸 쳐다보는 날에도
덩굴손 치렁치렁 뻗어 가듯
싱그러움으로 살아갈 수 있는 건
나의 말에 언제든
고개 끄덕여 주기 때문.

디카시 한 편

하루 종일 흐려지고 주름진 화면
문지르고 다듬어 보지만
좀처럼 너는
어렴풋하기만 하다

하는 수 없이
새내기의 어설픔 단단히 챙겨들고
방전된 나를 다시 충전한다

오직
빛나는 자태
또렷이 담기 위해
홀로 바다로 간다
지난번 아쉬움 잊어 버린 채

출렁이는 방파제 서서
풀어진 심상 조이고
눈동자 높은 곳에
때로는 낮은 곳에 맞추어
내 안에 들어온 어스름
가까이 끌어 당기다가
멀리 밀어낸다

아직은 질척거리는
개펄 안으로 들어가 수평 잡고
갯바위 오르락 내리락 하며
휘돌아 피어오르는 섬노을
가슴에 수없이 새긴다

집으로 돌아와
그만 쓰러진 채 잠든다
새벽에 깨어나
번뜩이는 시심의 속삭임
차분히 받아쓴다.

어느 시인의 동인지 시집을 읽다가

한평생 교정에서 국어 교사 했다는
박 시인의 동인지
시집의 책장 넘기다가
큰 빗방울 같은 감성이 튀어나온다

연두색 표지
매끄럽고 조금은 질감이 있다
그 다음 속지의 살결 두 장 넘기고
다시 동인지 제목이 한 페이지에 나오고
또 한 장 넘겨 어느 작가의 말 읽는다

이제 비로소 박 시인의 차례가 나타나고
본격적인 박 시인의 시들을
낭랑히 읽어 가니
문장들 하나 아니면 두 페이지에 또렷하다

시집 하나
세상 밖으로 나오기 위해
자기 안에 겹겹이 감싸고
보관해 두었던 상념들
이처럼 쏟아내야 하는 걸까
이렇게 여러 꼭지의 지면을 정성껏
묶어야 하는 걸까

나는 언제쯤
독자가 '시인과 한 느낌입니다' 하는
시 한 편 쓸 수 있을까
아주 조그만 빗방울이라도
귀한 손님 되어 버린 요즘
나의 창문에 똑똑 떨어지는 비가
더 큰 울림 되기를 바라도 되는 걸까.

겨울비 내리는 날

한 사람이
분홍 우산 쓰고
보도블록 위를 지나간다

또 한 사람이
노란 우산 쓰고 지나간다

다음엔 누가 지나갈까
비스듬한 언덕의 보도블록 바라보며
내심 기대에 부푼다

30년 만에 제자리로 돌아온
사무실에 앉아
괜스레 창밖 풍경에 고요히 젖어든다

출렁거리는 전나무 이파리에 떨어지는
빗방울 소리가 점점 굵어진다

가슴에 차곡히 쌓여 있던 겨울이
때 아닌 비가 되어
쉼 없이 낮은 곳으로 향한다.

산다는 건

발밑에 어린 나무 이끌고
오랫동안 물기 없는 길
묵묵히 뻗어가다
봄꽃 흐들히 피고
초록이 무성하다가도
어느 순간
짓밟혀 푸석거리는 낙엽 되는 것

남보다 싱싱하지 못하다고
더 높은 허공에서 휘젓고
자유롭게 활개 치지 못한다고
휘청거리다
눈 내리면 바람에 흩어지는 눈송이 되고
비 내리면 솔밭에 떨어지는 빗방울 되어
낮은 곳으로 차분히 스며드는 것.

지금 앉아 있는 이곳

첫 출근하던 날 환한 웃음으로
반기던 사람들은 다 어디론가 떠나고
눈앞에 버젓이 가로막은 빌딩 사이로
소나무 한 그루 우뚝 서 있다

방금 전까지 일렁이던 바깥은
어느새 침묵으로 말하고
맑은 유리창으로 들어온 빛
벽시계 자꾸 쳐다보는 일상
빠르게 여닫는다

안쪽에는
새내기부터 부르던 이름
언뜻언뜻 가까이서 들리고
조금 더 떨어진 곳에서 엊그제 들어온
청년이 행운목 가지를 돌아 들어온다

창밖은 다시 찬바람에 흔들거린다
오른쪽으로 약간 고개 돌리자 컴퓨터 모니터가
깜박거린다
열 손가락 끝으로 누군가 바라는 활자를 치고
지난 토요일 섬에서 찍은 애기동백꽃 사진을
마음속으로 끌어오라는 듯

이제 조금만 있으면 집으로 돌아가는 시간
무엇을 그리도 찾고
어떤 걸 위해 헤매었을까

내일은 또 어떤 만남이 다가올까
창밖의 풍경 사이로
봄까치 퍼드득 날아들고
미지의 꿈들이 가지마다 살랑댈까.

불현듯

아무렇지도 않게 날마다 콧등에 얹고
귀에 으레 걸고 다니던 안경
왠지 무겁기만 하다

요즘 두꺼운 유리알처첨 살았던 걸까
번지르르한 옷만 걸쳐 입고 다녔던 걸까
콧등을 짓눌러 그 아픈 자국이 뚜렷이 남고
귓불에 오돌토돌 소름 돋는다

잠시 버거움 저만치 벗어놓고
사방으로 움직이는 의자에 머리 기대고
괜찮아지겠지 고대했건만
그 느낌은 아까와 마찬가지다

너 없이도
비좁은 골목길 이리저리 찾아가고
끊임없이 쏟아지는 문서의 작은 글씨까지도
똑똑히 읽을 수 있어
혼잣말로 몇 번씩 되뇌인다

그렇지만 어김없이 눈앞이 어른거린다
새벽 발걸음 죽이며 현관문 걸어나온
하루가 물끄러미 쳐다본다

함박눈이 책상 앞 창밖 뒤덮어 버린 한낮에도
작은방에 불 꺼진 한밤중에도
어리숙한 내 곁에서 밝은 혜안 주는 너
다시 조심스럽게 집어든다.

시작 노트

첫 시집 첫 장 넘기고
푸른 속지에
주고받은 이름 흘림체로 쓰고
마침표로 닫는다

기나긴 고뇌
일일이 한 사람씩 건넨다
홍매화 향기 코끝에 묻어나는 찻집에서

몇 분간 관심 들추는
적막이 차츰 지나가고 난 후
눈에 가장 끌리는 페이지 골라
펼친다

다섯 줄 단촐한 행간 말
산골마을 앞 개울물 청청 흐르고
둑방에 노란 민들레꽃 피어나듯
낭랑히 낭독이 아주 끝나고

그칠 줄 모르는 궁금증
나름대로 속시원히 풀어 준다

어쩐지 이미지 어설픈 문장보다
훨씬 더 감미로운 까까머리 감성들
처음으로 닿은 한낮의 공간
그득히 채운다

시인이 독자가 되고
독자가 시인이 된다
함께 하하 웃고 마주보는 지금.

지금처럼 살아 넘치기 위해선

일부러 스위치 끄지 않으면
어김없이 살아 있다

옛 사람의 글 읽다
잘 모르는 단어 나타나면
언제든 차분히 일깨워 주고

얼마만큼의 거리 오고 가는지
손목시계 몇 번이나 쳐다보는지
손 안의 글자판 두드려
금방 알아낸다

그뿐인가
캄캄한 창고 안에서
까만 어둠 밝히는 손전등
쑤욱 내민다

또한 공기 중에 물방울이
언제 얼마만큼 쏟아질 건지
바람은 어느 방향으로 불어오는지
밤낮없이 생기 펄펄 흐른다

하지만 궁금증 손쉽게 알아내고
더듬거리지 않고 길 찾기 위해선
잠시만이라도 겸허히 스위치 끄고
자신을 잠그는 시간이 필요하다.

행운목

오목한 접시 물속의 돌자갈 휘감고
고즈넉이 앉아 있다

언제부턴가
이파리가 점점 기운 잃어 간다

푸석거리는 껍질 견디다 못해
차츰 사방으로 갈라지고 터진다

어찌 이러는 걸까
위아래로 토막 나
물 한 사발로 뿌리내리고 움 틔우느라
진이 다 빠져서일까

죽어 가는 나무의 울림
커다란 북 되어
푸른 심장 둥둥 두드린다.

여름날 아침에

출근 날엔 어김없이
곧잘 명령 실행하던 네가
오늘은 왜 이러는 걸까

바탕화면에 아이콘이 가득 떠 있지만
진정 들어가고 싶은 방은
아무리 클릭해도
부르르 떨기만 한다

전원 버튼 껐다가 다시 켜도
쿨러가 몇 번 돌다가
이내 그쳐 버린다

부르지 못할 현상
과부하 걸릴 만한 프로그램
작동시킨 기억조차도 없는데
왜 이러는 걸까

오른손으로
본체 나사 풀고 덮개 열고 보니
뜨거운 공기 식혀 주는 냉각핀과 쿨러에
하얀 솜뭉치가 차곡히 쌓여 있다

너 없이는
단 하루도 살 수 없으면서도
여태껏 너의 버거움 한 번
털어 주지 못했구나
이제야 너의 소중함 다시금 깨닫는다.

춘란

언제부턴가 이파리에 검은 점 박혀
점점 푸석거리는 아픔 달래듯
처음 당신 만났던
소나무 그늘 아래 조심스레 옮겨 놓는다

이곳은 날마다 새들이 우짖는 소리 들리고
촉촉한 흙내음 풍기고
따스한 햇살 내리고
시원한 바람 지나간다
가끔씩 빗방울 내려 온몸 적신다

당신과 잠시 떨어져 있어도
당신이 아침 출근길 찾아오고
저녁 퇴근길 잊지 않고 들려
여기저기 살피고 돌아가곤 한다

끊임없는 당신 사랑이 있기에
꿋꿋이 견디며 새날 꿈꾸고 있다
언젠가는 돌자갈 틈에서도
당당히 꽃피우며
당신 곁에서 영원히 살아가기 위해.

비오는 날 은사시나무 옆을 지나다

실뿌리에 머금고 있는 물기마저도
조금씩 마르고 있는 날들이
이제 막 끝나가고 있는 아침

지금껏 부르던 고유한 이름 대신
'비'라고 단 한 글자
녹색 손바닥 위에 넘실거리듯 받아 놓았지요

아무런 손짓도 없이
목마른 날 무수히 지나간 후에야
나에 대해 궁금해하는 건
봄비가 흡족히 내리고 있기 때문인가요

그러하더라도 언덕배기에 서서
당신을 이렇게 지그시 바라보는 것만으로도
나는 충분하답니다

오늘처럼 당신이 오는 날은
왠지 모르게 심장이 한없이 두근거리고
머리에서 발끝까지 온통 젖어든답니다

당신이 홀연히 떠나가버린 뒤에는
당신이 다시 돌아올 그날
손꼽아 헤아리고 헤아린답니다.

운전면허증

안주머니에 넣고 다니던 지갑을 뒤지고
책상 서랍 안까지 다 뒤져도
도대체 행방을 모르겠다

어쩔 수 없이
가까운 경찰서 민원실에 간다
봄비가 우두둑 내리는 날

익숙한 얼굴 사진이 붙은
운전면허증을 되돌려 준다
방긋한 웃음 너머로
분실물로 접수된 것이라며

언제 어디서
잃어 버린지조차도 모른 채
며칠 지났건만
여기서 날 기다리고 있었다니
진즉 이곳에 찾아올 걸

처음 만난 이후
나는 흘리고 다니고
너는 내게로 다시 되돌아오고

이런 네가 있으니
씽씽 달리는 고속도로든
천천히 살피는 골목길이든
맘 놓고 나의 길을 갈 수 있지
그치?

기다림 · 2

언제쯤 님 소식 올까
마지막 편지 써서 부친 지
몇 해가 지났는데
아직도 답장이 없다

겉봉투조차 뜯어보지 않은 채
오래전 읽었던 시집 책갈피 속에 꽂아 두고
영영 잊어 버렸을까

손바닥에 펼쳐놓고
바람 부는 해변 거닐며 응시하다
파도 타고 멀리 떠내려 가 버렸을까

이제는
아득하게 뒤척이는 날 끝나고
닫아둔 말문 열어젖힐 수 있을까

굵은 빗방울이 어깨 토닥이는 오늘은
횡단보도 건너 길모퉁이 우체통에
분홍 꽃편지 한 통 당도해 있을까.

압력밥솥

날마다
당신 곁에서 흔들거리며 춤추는 건
나에게 살아 있는 의미

흐르는 수돗물에 들녘 쌀 깨끗이 씻어
손등 높이만큼 정수기 물 받고

원하는 시간
원하는 온도만큼
빨간 유리 불판에 올려 무쇠 몸뚱이 달궈 주세요

하늘이 철커덕 닫히고
숨 막히는 시간이 지난 후
원추가 회전하며 수증기 뿜어낼 땐

온도를 조금씩 낮추어 주세요
설익은 밥알이 눌러 붙거나 까맣게 타지 않으려면
세심한 관심 필요해요

폭발해 버릴지도 모른다는 걱정
하지 마세요
가슴 터질 듯 뜨거워지는 순간
허공에 시원한 기적소리 들릴 테니까요

너무 조급하게 뚜껑 열지 말아요
속속들이 쫀득거리고 찰진 밥 위해선
기다림이 필요하거든요

마지막 한 가지 부탁이 있어요
차가운 물속에 천천히 담궈 주세요
잠깐의 휴식이 필요하거든요
새로움 맞이하기 위해선.

나이

시들해진 지금의 나를 온전히 강물에 띄우고
폭포에서 쏟아지는 물줄기
거슬러오르는 싱그러움 되찾고 싶다

매일 아침 출근할 때마다
엄지 검지로 한 장씩 뽑아
맨 뒤로 숨기는 책상 위에 달력
며칠째 가만두어도
스스럼없이 날짜를 더해 가지만

몹시 흐린 날에도 나만의 언어의 의미
흐르는 강물 위 드높이 쏘아 올려
일곱 빛깔 선연히 뜨는 무지개로 살고 싶다.

바람 부는 섬에는 가슴이 손짓한다

잔잔한 칠흑의 시간 건너자마자
낯선 새벽이 나풀거리고
떨어진 빗방울이 살 속까지 흘러도
가야 할 길은 오직 하나

긴긴 언덕 끝없이 타고 기어오르다
비바람에 젖어 눕고 싶은 순간이 찾아오지만
까만 갯바위에 부딪혀 흩어지는 파도처럼
서서히 힘겨움 쏴악 부셔버리고
애당초 생각한 길 묵묵히 찾아나선다

한 줄의 섬길 따라가다
에메랄드빛 속으로 훌쩍 뛰어들고 싶은 김녕에서
흐르는 강물이 분출하여 바다와 날마다 만나는 쇠소깍
아침이 눈부시도록 빛나는 성산포
고운 눈에 하늘빛 가득히 담은 바다와 하나된다

코앞 바다에도 어둠이 차츰 자라나서
그대와 나의 경계마저도 흔적 없이 사라지고
갯바람 타고 심장 멎을 것 같은 피로 밀려오지만

페달 돌릴 때마다 막혔던 숨통 확 트이고
가마우지 저기 먼 수평선 향해 나래치는
환상의 여행길 끝끝내 멈출 수 없다.

쥐

유년 시절 논두렁 타고
쥐불놀이 하던 인연이
여태 이어지고 있다

일터 책상에서 내내 앉아 있다가
귀가 후에도
개다리소반 앞에서 다리 구부리고 있을 때
어김없이 찾아온다

캄캄한 밤중에 느닷없이 날카로운 이빨로
한쪽 종아리 확 물어뜯는 순간
온몸이 오글아들어 꼼짝도 할 수 없다

이럴 땐 팽팽하게 긴장된 일상을
느슨하게 풀고 생명수 들이켜
우글거리는 고통 내쫓곤 한다

어떤 날은 이렇게 보내는 경고 메시지
깡그리 무시하고
운동장에서 아침부터 해 질 무렵까지 날뛰다가
마구 물어뜯겨 낭패 당하기도 한다

수시로 찾아와 귀찮기도 하지만
부실한 몸뚱이 혹사할 때마다
곧바로 감지하여 위험 신호 보내는 까닭에
그나마 지금까지 두 다리 꼿꼿이 걷고 있다.

살다 보면

살다 보면
얼굴 익숙한 사람에게
누구세요 하고
안부 묻고 싶을 때가 있다

아침에 깨어나
누구세요 하고
웃으며 하루를 들썩이고

퇴근 시간 현관문 들어온 발자국 소리에
누구세요 하고
해종일 술렁이는
하루를 차분히 가라앉힌다

안방문 살며시 여닫는 소리에
누구세요 하고
어둠의 그림자에
깜짝 놀라기도 한다

누구세요
누구세요 하고
되묻다 보면 나도 모르게
한동안 닫혀진 말문이 스르르 열리기도 한다.

인사 발령

한여름 맑은 하늘에 뜬금없이
소낙비 퍼붓듯 갑자기 떨어진
한 줄 명령에 따라야만 한다

고향으로 부임하넌 날
너른 강당 단상에 올라서서
첫인사하며 웃음 짓던 때가 엊그제인데
다시 그 자리에 서서 그렁그렁
눈물 흘린다

얼마 후
어둡고 긴 터널 지나
산굽이 휘돌아 몇 번 기차 갈아타고
낯설고 물선 길 위에서 끼니 때우는
객지로 떠나갈 사람들

가까이 다가가 두 손 마주잡고
파고드는 슬픔 토닥여 보지만
밀려드는 서운함 내내 가시지 않는다

이 다음 객지로 떠나는 열차 승차권엔
또 누구의 이름이 적혀 있을지
도무지 종잡을 수 없다.

길잡이

이 강 건너기 전엔 무화꽃 피는 마을
이 강 건넌 후엔
황토빛 고구마 줄기 뻗어 가는 마을
언제나 길 여는 마을.

평설

낭만의 작은 나팔 울리는 오솔길

문학박사 박 덕 은

낭만의 작은 나팔 울리는 오솔길

 김봉숙 시인은 신비로운 바위가 우뚝 솟아 있는 월출산과 아름다운 영산강이 흐르는 전남 영암군 삼호읍 서호리 서편마을에서 아버지 김기문 씨와 어머니 서상심 씨 사이에서 2남 4녀 중 넷째이자 차남으로 출생했다.

유년시절에는 보리밭 사잇길 가로질러 무려 10여 리나 떨어져 있는 초등학교에 다녔다. 아침녘엔 동산에 떠오르는 태양을 보며 꿈을 키웠고, 저물녘엔 저수지 둑방에서 누렁소를 이끌며 노을까지 안아 주었다. 여름방학 땐 늘 바닷가로 가서 온몸이 까맣게 그을리며 지냈다.

모범적인 학창시절을 보낸 뒤, 군복무를 했고, 제대 후 법무부 9급 공무원 시험에 합격하였다. 첫 발령지는 제주도였다. 이후 전국 각지를 두루 돌며 법무부 산하에서 근무했다. 어느 날 그는 이렇게 회고했다.

 "유난히도 바다가 있는 곳으로 발령이 자주 났다. 동양의 나폴리 통영, 땅끝 마을 해남 등 전국을 떠돌며 객지생활을 해야 했다. 그 때문에 친구들과 가족과는 늘 멀리 떨어져 지내야 했다. 아침에 산책을 하거나 퇴근 후 바닷가에 나가면 왠지 모르게 외로움도 잊을 수 있었다."

28세 때 결혼하여, 슬하에 건장하고 영특한 두 아들 (명재, 명우)을 두고 있다.

2005년 전주로 발령을 받았을 때, 퇴근 후 문예대학에서 시를 접한 이래, 이후 꾸준히 문학에 대한 열정을 키워 오고 있다.

그는 새벽부터 일찍 출근하여 사무실 앞과 동네 주변을 빗자루로 손수 쓸며 눈을 치울 정도로 부지런하고 성실한 인생을 꾸려왔다.

직장에서는 인사, 예산, 시설 등 주요 업무를 맡고 있으면서도 성실성과 부지런함을 인정 받고, 꾸준하게 근무 성과를 올리고 있다.

2016년 5급 공무원으로 대통령 임명장을 받았으며, 광주준법지원센터에서 재직 중이다.

바쁜 직장 생활 속에서도 대학 평생교육원에서 시 낭송, 문예창작, 디지털사진 등을 꾸준히 공부하였고, 지금도 겸허히 배우는 삶을 지속하고 있다. 그는 자신의 문학 인생에 대해 이렇게 떠올렸다.

"끊임없이 돌아가는 수레바퀴 같은 직장생활에도 묵묵히 견디어 낼 수 있었던 건, 내게 문학이 있었기 때문이다. 그리운 사람들에게 편지를 쓰거나 생각을 적다 보니 한 편의 시가 되곤 했다. 2006년에 월간지 [문예사조]에서 시 부문 신인문학상을 받았다. 이후 시를 자주 쓰지는 못했다. 바쁜 일상과 자녀 교육에 열정을 쏟다보니 문학에 대한 접근이 쉽지 않았다. 그런데도 꾸준한 관심만을 놓지는 않았다. 2018년 말쯤 한실문예창작 문학동아리 둥그런 문학회에 참여하여 본격적인 문예창작 공부를 시작했다."

그는 [문예사조] 시 신인문학상, [문학공간] 디카시 문학상 대상 등으로 문단 데뷔했으며, [오은문학] 디카시 문학상 대상, [현대시문학] 삼행시 문학상, 남명문화제 시화문학상 포랜컬쳐상 등을 수상하기도 했다.

또한, 그는 30여 년의 법무부 공무원으로 재직하는 동안 모범공무원으로 인정받아 국무총리상, 법무부장관상, 법무연수원장상 등을 수상했으며, 현재 한국사진작가협회 회원, 시 낭송가, 광주문인협회 회원, 광주시인협회 회원, 한실문예창작 회원, 둥그런문학회 회장 등으로 활약하고 있다.

뿐만 아니라, 스피치 지도사, 행정사, 학교폭력상담사, 한국형에니어그램 일반강사 등으로 바쁜 일정을 꾸려가고 있다.

하루는 이렇게 토로했다.

"시는 나의 친구이고 고향이며 산책길이다. 흐르는 강가를 달리고 싶을 때는 자전거 페달을 끝없이 돌린다. 푸른 하늘에 노란 공을 마음껏 쳐올리고 싶을 때는 운동장에서 테니스를 치며 마냥 웃는다. 때로는 새들이 우짖는 숲속에서 시 낭송을 하기도 한다. 사물의 내면을 깊이 들여다보고 싶을 때는 디지털 카메라를 등에 짊어지고 어디론가 여행을 떠난다."

뭔가 모를 시인다운 면모가 그의 인생을 점점 더 우아하게 만들어 가고 있는 듯하다.

2022년 11월 말에 그는 첫 시집 [갯마을 오후]를 펴낸 이후, 1년 여 만에 제2시집을 출간하는 열정을 보여 주었다.

자, 그러면 지금부터 김봉숙 시인의 시 세계로 들어가 산책을 즐겨 보도록 하자.

산마을에 자라나
도시로
이사했지

어느 봄날
온종일 진동 울리는 길가
낯선 대지에 서서히 뿌리 내렸지

자박거리는 발걸음에도
소소한 팔랑거림에도
꽃잎 갈래 갈래
수줍은 미소 움켜쥐었지

밤에는
캄캄한 어둠 끌어당겨
작은 나팔 한없이 불어댔고

한낮에는
간절한 목마름 접어
초록을 손등에 얹어 두었지

온몸 시려오는 날
까만 시간 곱게 갈아
그을린 얼굴
하얗게 분칠했지.
　　－ [분꽃] 전문

　이 시에서의 시적 화자는 분꽃에 시심의 옷을 입히고 있다. 분꽃이라는 제목에서 문득 옅은 분내음이 나는 건 왜일까. 분꽃에서 번져 오는 분내음, 분첩 그리고 돈을 벌겠다고 도시로 떠난 그 시절의 아픈 이름 꽃분이. 다른 꽃과 달리 분꽃은 초저녁에 향이 짙다. 분첩을 꺼내 분을 바르는 아련한 향이 초저녁을 환하게 한다. 분꽃은 저희

끼리 서로의 귀를 간질이며 피어난다. 분홍 분홍하게 웃다가 볼 부비며 깔깔거린다. 살다 보면 가슴에 못자국도 많을 텐데 초저녁 해거름에 서러운 안색을 씻으며 분홍 분홍하게 분을 바르며 또 하루를 살아낸다. 이 시는 산마을에서 태어난 꽃분이 같은 한 여인이 도시에서 정착하며 살아가면서도 자신의 정체성을 잃지 않고 하루하루 아름답게 자신의 삶을 꾸려나가고 있는 모습을 에둘러 표현하고 있다. 산마을에서 도시로 이사한 분꽃, 어느 날 온갖 소리로 진동 울리는 길가에 자리잡고 뿌리 내린다. 오고 가는 발걸음과 팔랑거림에는 수줍은 미소 짓고, 한낮에는 때때로 목마름에 시달리기도 하지만, 어느 날 까만 시간 곱게 갈아 그을린 얼굴 하얗게 분칠할 수 있게 된다. 분꽃에게 인격체를 부여하여 꾸려낸 시적 형상화가 정갈하다. 군더더기 없는 시어 배치 능력도 뛰어나다.

어선들이
노을 안고
항구로 돌아오고 있다

흐르는 시간에
휘어 버린
하늘을 뚫는다

빈 가슴에
객지의 서러움과
바다의 낯설음 채운다

돛으로
나란히 서 있는
삶의 밑바닥을 푹 찍는다

부딪히는
얼굴에
어둠이 빛난다

소리 없이
끓어 오르는
너와 나 마신다

모두
다
침몰할 때까지
　　- [폭탄주] 전문

　이 시에서의 시적 화자는 폭탄주를 어부, 서러움, 침몰
을 통해 그려놓고 있다. 폭탄주는 두 종류의 술을 섞이게
하여 마시는 술이다. 두 종류의 술은 무엇을 의미하는 것
일까. 시적 화자는 객지의 서러움과 바다의 낯설음이라
고 말한다. 노을 안고 항구로 오는 어선들이 늘 만선이면
좋을 텐데, 바다의 일이란 알 수 없어 빈약한 물그늘같은
빈손으로 돌아오는 날도 많았을 것이다. 그러는 날이면
해조음으로 퍼져나가는 비릿한 폭탄 소리가 펑 펑 터졌을
것이다. 혀와 고단함과 밤을 타고 넘어가는 알코올에 몸
부림치며 서러워했을 것이다. 하늘과 바다를 향해 하소연

하는 그 넋두리가 허공에 탄흔을 남겼을 것이다. 더덕더덕 찍힌 자국들로 어부도 어선도 바다도 한동안 말이 없었을 것이다. 폭탄주를 부딪히는 얼굴에 어둠이 빛난다. 잔은 넘치고 밤은 쏟아지고 제어 장치가 망가진 사내들이 비틀거리는 길바닥을 휘청거리며 간다. 펑 펑 터지는 폭탄 소리로 길까지 침몰할 것 같다. 흐르는 시간, 휘어 버린 하늘을 뚫고, 빈가슴엔 객지의 서러움과 바다의 낯설음을 잔 속에 채워 넣는다. 삶의 밑바닥 푹 찍고, 얼굴엔 어둠이 깔릴 때, 소리 없이 끓어오르는 너와 나를 마셔 버린다. 모두 다 침몰하는 그 순간까지 폭탄주는 계속 몸 안으로 잠입한다. 뭔가 모를 답답함과 처절함이 느껴져, 가슴이 먹먹해진다. 고달픈 어부들의 애환이 느껴지는 듯해, 더욱 가슴속이 아려온다. 상징과 이미지로 이뤄낸 시적 형상화가 눈길을 끈다.

주름진 사색이
그대에게 편지를 쓰면
다림질한 셔츠가 된다

그 목소리 듣고 있으면
그리움이 파도처럼 밀려오고,

그 미소 떠올리면
윤슬의 바닷가 거니는
연인이 된다

함께한 시간
가슴에 펼치면
한 편의 시가 되고,

이 편지 가만히
우체통에 넣으면
파란 하늘빛 된다.
　　　－ [설렘] 전문

　이 시에서의 시적 화자는 사랑하는 이에게 편지를 쓴다. 편지에서 느껴지는 향수가 정겹다. 편지와 달리 카톡은 기다림과 설렘이 무르익지 않는다. 감정을 포개고 쌓고 접으면서 고여드는 감성의 진액이 없다라고나 할까. 일회용 용기에 담아 한 번에 소모해 버리는 내용물처럼 카톡은 가볍다. 반면 종이 글의 편지는 항아리처럼 숙성된 시간이 녹아나 있다. 마음이 여러 번 편지 속으로 밀려들고 빠지면서 기다림의 걸음으로 가라앉은 것들을 편지에 담는다. 깊고 캄캄한 기다림들이 펜 끝에서 환해지는 곳, 그곳이 편지이다. 그 아련한 편지를 주름진 세월이 그대에게 보내기 위해 쓴다. 웃음 하나 울음 하나 골골히 잡혀 있는 세월은 얼마나 많은 이야기를 쓰고 싶었을까. 섧디섧게 걸어온 생의 뒤안길이 쓸쓸했을 텐데 편지를 쓰면서 세월은 다림질한 셔츠가 된다고 한다. 멋지다. 구구절절 아픔으로 떠돌던 흔적들을 꼬장꼬장 밝히고 싶을 것 같은데, 그리움이 파도처럼 밀려든다고 한다. 설렘이란 그런 것인가 보다. 아무리 시간이 흘러도 설렘이라는 감정은 늙지도 않은가 보다. 주름진 세월이 설레기 시작

한다. 편지를 쓰고 있으면, 그리움이 파도처럼 밀려온다. 미소와 함께 바닷가 거니는 연인이 되기도 한다. 함께한 시간을 가슴에 펼치면, 한 편의 시가 되고, 쓴 편지를 우체통에 넣는 순간 파란 하늘빛이 된다. 한 통의 편지를 써서 우체통에 부치는 과정이 한 편의 드라마처럼 이미지화 되어 있다. 메타포 중 'A는 B가 되어'를 활용하여 시심의 깊이를 더하고 있다. 그리하여 시가 아름다운 정감의 옷을 입고 정겹게 독자 잎에 나나나 잔잔한 여운을 안겨주고 있다.

어찌하면
나의 길 갈 수 있나요

들길로 가면
꽃이 피어 있고

산길로 가면
벼랑 끝이 나오고

그냥 이대로 있으면
잔잔한 호수가 되겠죠

아름드리
살 수 있는 길

어찌하면
그 길 갈 수 있나요.
　　　－ [갈등] 전문

이 시에서의 시적 화자는 자신의 갈 길을 앞에 두고 갈
등을 빚고 있다. 갈등 앞에서 어떤 선택을 해야 할지 모
르기에 우리는 늘 두 얼굴이 불쑥 내밀어지는지도 모른
다. 식사 메뉴를 정해야 하는 맛있는 갈등, 멋진 옷을 사
고 싶은 화려한 갈등, 그 갈등이 뭉친 시간을 잘 견뎌야
한다. 선택은 늘 절반의 의혹과 절반의 망설임이 들어 있
기에 어느 누구도 그 선택 앞에서 장담할 수 없다. 새소
리 깃든 산길을 선택한다고 해도 길 안쪽에서 흘러나오는
갈등이 나무마다 번지면서 벼랑 끝으로 몰고 가는지도 모
르기에 산길에 대한 자신의 선택을 믿을 수가 없는 것이
다. 한 치 앞을 내다볼 수 없기에 안전한 걸음을 걷고 싶
지만 지구의 자전축이 기울어졌듯이 우리도 기울기가 있
는 걸음으로 오늘을 살아야 한다. 그런 점에서 삶에는 매
순간 속속들이 스며든 온 어떤 갈등과 어떤 마찰이 있는
것이다. 어떻게 하면, 자신의 길을 갈 수 있을까. 들길로
가면 꽃이 피어 있고, 산길로 가면 벼랑을 만나고, 그렇
다고 그대로 있자니 호수가 되어 버릴 것이고. 어떻게 해
야 하나. 아름드리 살 수 있는 길은 없을까. 어떻게 하면
자신의 길을 갈 수 있을까. 갈등에 휩싸여 망설이다가,
시가 끝나 버린다. 뚜렷한 길을 제시해 주지도 않고 끝나
버리면, 독자는 어떤 판단을 해야 할까. 인생사 속에서
빚어지는 다채로운 사색의 한 방향을 잡기 위한 갈등, 아
주 소중한 갈등의 시간을 갖게 해주고 있다.

나무를 친친 감고 있는
넝쿨이 뱀처럼 쑥쑥 자라
숨쉬지 못하면 어쩌지

숲속에 혼자 남은 새 한 마리
맑은 소리 내지 못하면
어쩌지
평안한 숲길이
갑자기 없어져
걸어갈 수 없으면 어쩌지

나뭇잎이 춤추며 반기지 않고
조용히 숲 기어오르는
다람쥐 볼 수 없으면 어쩌지

숲속에서
피 빨아 먹고 사는
모기들을 내쫓을 수 없으면 어쩌지

비가 그친 아침
문득 이런저런 생각을
해본다.
　　　－ [불안] 전문

　이 시에서의 시적 화자는 어느 비 그친 아침에 이런저런 생각에 잠기다 불안해한다. 불안은 자기 자신에게 위험을 알리는 최초의 신호이다. 안전한 생존을 위해서 어느 정도의 불안은 필요하다. 그런 점에서 불안은 어머니의 그 어머니 때부터 상속되고 있는 것이다. 일종의 안전을 위한 감정의 첫 유산이기도 하다. 생각의 얼룩 같은, 정신의 허물 같은, 불안은 절대로 代가 끊기지는 않을 것이다. 어느 기후에서나 어느 지역에서나 진화에 성공해 불안의 혈통을 이으며 代를 이어갈 것이다. 하지만 적절한 상속으로 적당한 불안이 마음 안쪽에서 말랑말랑하게 자라면 괜찮겠지만, 의혹이 의혹을 낳는 끊임없는 불안은 삶을 버겁게 하기도 한다. 불안이 심해지면 눈을 감지 못하고 살아가는 물고기처럼 또는 몽유병 환자처럼 뜬눈으로 제 상처를 지켜봐야 한다. 친친 감고 있는 넝쿨 때문에 나무가 숨쉬지 못하면 어쩌나, 숲속에 혼자 남은 새가 맑은 소리 내지 못하면 어쩌나, 숲길이 홀연히 사라져 걸어갈 수 없으면 어쩌나, 나뭇잎이 반기지 않고 숲 다람쥐를 볼 수 없으면 어쩌나, 숲속의 모기를 내쫓지 못하면 어쩌나, 이런저런 불안으로 마음이 시끄럽다. 문득 우리에게 불안이 엄습한 것은 왜일까. 기후 위기가 현실로 다가오고 있기 때문에 더 그러할 것이다. 이 시에서 시적 화자의 불안은 한결같이 동화 속에서 일어나고 있는 듯하다. 시인의 영혼이 맑아 싱그럽고 순수하게 다가온다. 점점 잡티에 둘러싸여 순수를 잃어가는 현대인들에게 경고메시지를 던져 주고 있는 듯하다. 그 파장이 담백한 삶을 살아가도록 유인하고 있다.

아무리 붙잡으려 하여도
가고픈 마음 잡을 수 없다

온종일 기다려도
돌아오지 않으니 어찌하리

산굽이 돌아
하늘 오르는 추억

화선지에 한 조각 펼쳐
이 마음 전해 보지만

끝내는 산등성이 너머로
흔적도 없이 흩어져 버린다.
    - [구름] 전문

이 시에서의 시적 화자는 뭔가 모를 이런함과 답답함을 구름에 빗대어 하소연하고 있다. 누가 구름의 발목을 자꾸 잡아채 한자리에 있지 못하게 하는가. 떠도는 구름 때문에 공중의 배경은 자꾸만 흔들리고 햇살의 뒷덜미는 막무가내로 잡혀 나무와 돌들은 무조건 그늘로 들어서야 한다. 그 구름처럼 사람의 마음이라는 것이 한자리에 있지를 못한다. 떠도는 마음 때문에 어느 때는 아픔으로 몸을 바꾸기도 하고 그늘에 들 듯 슬픔의 공간으로 들어서기도 한다. 제멋대로 떠도는 구름처럼 삶은 때때로 현기증 난 듯 어지럽다. 처음의 마음이 끝까지 가는 법이 없어 허허롭다. 그런 점에서 보면 우리 마음의 호적부는 떠도는 구름인지도 모른다. 호기심을 채우며 떠다니는 양떼구름, 스토커처럼 비로 몸을 바꿔 수직으로 직진하는 먹구름, 외모 꾸미기에 열을 올리는 뭉게구름. 그 구름들처럼 우리 마음도 다양해 잡히지 않는다. 아무리 붙잡으려 해도 잡을 수 없고, 온종일 기다려도 돌아오지 않는 존재, 산굽이 돌아 하늘 오르는 추억, 화선지에 한 조각 펼쳐, 속마음 전해 보지만, 아무 소용이 없다. 끝내 구름은 산등성이 너머로 흔적도 없이 흩어져 사라져 버렸으니까. 마치 우리 인생 속 꿈과 답답한 마음을 얘기하고 있는 건 아닐까. 그 꿈과 마음은 구름처럼 쉽게 잡히지 않

고, 뜻대로 되지도 않는다. 결국 손아귀에서 벗어나, 어디론
지 흩어져 사라져 버리니까. 그 안타까움과 애틋함이 독자
의 가슴에 자연스레 전달되고 있다.

아무렇지도 않게 날마다 콧등에 얹고
귀에 으레 걸고 다니던 안경
왠지 무겁기만 하다

요즘 두꺼운 유리알처럼 살았던 걸까
번지르르한 옷만 걸쳐 입고 다녔던 걸까
콧등을 짓눌러 그 아픈 자국이 뚜렷이 남고
귓불에 오돌토돌 소름 돋는다

잠시 버거움 저만치 벗어놓고
사방으로 움직이는 의자에 머리 기대고
괜찮아지겠지 고대했건만
그 느낌은 아까와 마찬가지다

너 없이도
비좁은 골목길 이리저리 찾아가고
끊임없이 쏟아지는 문서의 작은 글씨까지도
똑똑히 읽을 수 있어
혼잣말로 몇 번씩 되뇌인다

그렇지만 어김없이 눈앞이 어른거린다
새벽 발걸음 죽이며 현관문 걸어나온
하루가 물끄러미 쳐다본다

함박눈이 책상 앞 창밖 뒤덮어 버린 한낮에도
작은방에 불 꺼진 한밤중에도
어리숙한 내 곁에서 밝은 혜안 주는 너
다시 조심스럽게 집어든다.
                    - [불현듯] 전문

 이 시에서의 시적 화자는 안경의 소중함에 대해 생각할
기회를 갖는다. 어리석음을 환하게 해주고 망각을 깨우게
해주는 안경은 우리 삶에서 얼마나 소중한가. 하지만 안
경에게 마음을 내준다는 것이 때로는 버겁고 무겁기에 그
소중함을 잊기도 한다. 사랑하는 아내지만 때로는 잔소
리 마녀로 다가올 때면 거리를 두고 싶듯, 콧등을 누르는
안경이 싫을 때가 있다. 안경 다리가 귓바퀴에 걸쳐 있어
한 번도 길을 걸은 적이 없는 안경, 콧등에 몸을 기대야
세상을 들여다볼 수 있는 안경, 그 안경이 때로는 아둔해
보여 벗어 보지만 정작 불편함은 나의 몫인 것이다. 콧등
에 몸을 실은 것도 귓바퀴에서 제자리걸음만 하는 것도
나를 위한 안경의 노고인 것이다. 날마다 콧등에 얹고 귀
에 으레 걸고 다녔던 존재, 콧등에 짓눌려 그 아픈 자국
이 또렷이 남을 때에야, 그 존재의 가치를 알게 된다. 때
로는 버거워 저만치 벗어놓기도 한 존재, 함박눈 오는 한
낮에도, 불 꺼진 한밤중의 작은방에서도, 어리숙한 시적
화자에게 밝은 혜안을 주는 존재, 결국에는 조심스레 다
시 집어든 존재. 안경에게 인격체의 자리를 내주고, 대화
하듯 갈등을 풀어내고 고마운 존재임을 알아가고 있다.
안경으로 상징되는 이 땅의 사소한 고마움들이 일제히 소
환되고 있는 듯하다. 어느 한 시심의 소재를 통해 인생을

되돌아보게 하고, 사색의 공간에 잠시 머무르게 할 수 있다면, 시로서의 특질에 충실했다고 할 수 있을 것이다.

이처럼, 김봉숙 시인의 시들은 일상의 소소한 것들을 시의 소재로 끌어당겨 시적 형상화함으로써, 독자들에게 인생의 감성에 대해 여러 각도로 생각할 기회를 제공해 주고 있다. 시는 무엇보다도 인간의 감성에 파고들어 영향을 주어야 한다. 이성에 의해 짓눌려진 감성, 불의에 의해 짓밟혀진 감성, 자꾸 순수의 세계를 갉아먹는 악한 감성, 이런 감성들을 다시 순수 감성으로 시는 회복시켜 놓아야 한다. 또한 시는 새로운 해석이다. 사물을 새롭게 바라보고 새 각도에서 새 눈길로 새롭게 해석해 놓아야 한다. 그러므로 낯설게 하기는 필수다. 사물과 삶과 내면의 세계를 기존의 것들과는 다르게 해석해 놓아야 한다. 그리고, 시는 가급적 서술을 피하고 이미지 구현을 통해 시적 형상화를 이뤄내야 한다. 상징을 통해 여러 해석이 가능하도록 해놓아야 한다. 뿐만 아니라 눈에 보이지 않게 리듬도 갖춰 놓아야 한다. 되도록 쉬운 시어들을 배치해, 감동과 전율이 흐르도록 해주어야 한다. 세월이 가도 읽히기 위해서는 기시감이 없어야 한다. 어디서 본 듯한 느낀 듯한 들은 듯한 시에서 벗어나, 아주 착상 점수가 높은 신선함이 갖춰져 있다면 더욱 시는 빛날 것이다.

김봉숙 시인의 시들은 이러한 시의 특질을 고루 갖추고 있어, 시를 읽어가는 내내 독자들을 행복하게 해주고 있다. 이 두 번째 시집 발간 전에 펴낸 김봉숙 디카시집처럼 이미지도 살아 있고, 시의 표현기법도 다채로워 앞으로 제3, 제4시집도 기대해도 좋을 것 같다.

부디, 여생 동안 아름다운 시심과 글쓰기 여백이 함께했으면 좋겠다. 뭐든 시 속에서 얘기하고 담소 나누면서 감성을 곱게 가꿔 나갔으면 더 바랄 게 없겠다. 멋진 시 세계로의 전진이 지속되길 소망해 본다.

2023. 어느 여름에
한실문예창작 지도 교수 박덕은
(전 전남대학교 교수, 시인, 문학평론가, 소설가, 동화작가, 사진작가, 화가)

김봉숙 제2시집
누군가 부르지 않아도

주름진 사색 펼치면 하늘빛 시가 된다

인쇄   2023년 9월 10일
발행   2023년 9월 20일

지은이   김봉숙
디자인   그린출판기획
표지캘리   그린출판기획

펴낸곳   그린출판기획
        출판등록 2008년 3월 25일 제 359-2008-000072호
        주소   광주광역시 동구 백서로 117번길 3-1
        구입문의 062_222_4154
        팩스   062_228_7063
ISBN   978-89-93230-40-6